······꿈꾸는 너와 나의 작은 설레임······

…함께 있으면
마음이 편안해지는 소중한 친구…

친구를 갖는다는 것은 또 하나의 인생을 갖는 것이다.

……이제는 피하지 말고, 부딪히며 내 자신이 원하는 것,
이루고 싶은 꿈을 향해 도전해야지……

…내가 하고 싶은 일을 위해서라도 열심히 공부할 거야.

그리고 오빠 앞에 서서

큰 소리로 말할 거야.

나! 이만큼 노력했다고…

사랑이란 서로 마주 보는 것이 아니라
함께 같은 방향을 바라보는 것이다.

흐르는 강물을 잡을 수 없다면, 바다가 되어서 기다려라.

·····순간 순간 최선을 다하면 행복한 내일이 오리라·····

친구를 얻는 유일한 방법은

스스로 완전한 친구가 되는 것이다.

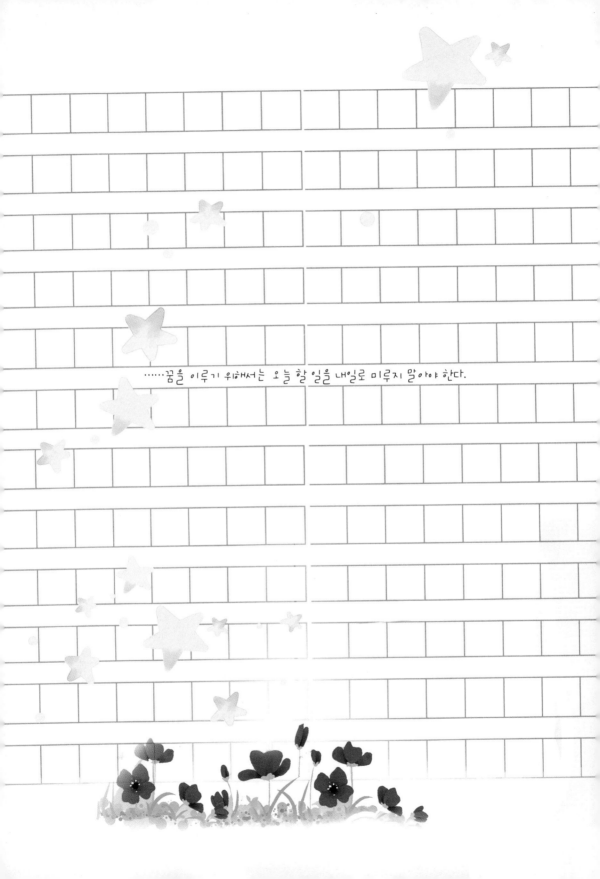

……꿈을 이루기 위해서는 오늘 할 일을 내일로 미루지 말아야 한다.

할 일을 미루다 보면 끝없이 미루게 되고 결국

그 일은 할 수 없게 된다……

잠을 자면 꿈을 꾸지만 잠자지 않으면 꿈을 이룬다.

친구를 얻는 유일한 방법은 스스로 완전한 친구가 되는 것이다.

천재는 노력하는 사람을 이길 수 없고 노력하는 사람은 즐기는 사람을 이길 수 없다.

꿈꾸는 작은 인어들의 설레임

글/도해 · 그림/서호

푸른뜰

차 례

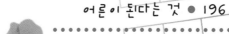

등장인물

나미의 부모님

완고하고 무슨 일이든지 바로 행동으로 옮기는 행동파 아빠와 순리에 조금이라도 어긋나면 누구라도 용서치 않는 엄마.

윤춘성

나미의 큰오빠. 성실, 근면, 모범의 대명사. 서울의 명문 한강대학교에 재학중.

윤나미

아빠를 100% 닮았음.
그러나 자신은 아빠와
닮은 점이 하나도 없다고
착각하고 있다.
모든 일에 낙천적이고
긍정적인 성격.

윤삼성

나미의 작은오빠. 급한
성격이나 자신의 할 일을
마친 다음에 움직이므로
실수가 적다. 자신의 일
이외에는 관심을 갖지
않는다.

등장인물

수연

나미의 학교 친구.
매사에 성실한 태도로
임하는 노력파. 자신감이
부족해 자신의 장점이
가려짐.

영희

나미의 학교 친구.
항상 새로운 것에
관심을 가지고
도전하는 성격.
친구를 먼저 생각하는
따뜻한 마음씨의 소유자.

김동현

윤춘성의 대학 동기.
기타를 잘 치는 호남형.
다른 사람을 먼저
배려하는 성격.

오미수

윤춘성의 대학 동기.
음식 솜씨 좋은 똑똑이.

박가림

윤춘성의 대학 동기.
온순하고 조용한 성격.

내 이름은
윤나미

보라 중학교.

사립학교.

물론 남녀공학.

강남에 위치한 명문이지만

학교 창립은 이제 10년 밖에 되지 않았다.

그 짧은 기간 안에 어떻게 명문이 될 수 있냐고?

그것은 아줌마 파워의 산실이라고 불려도 될 만큼 대단한 교육열 탓이다. 엄마들은 엄친아, 엄친딸을 외치며 명문학원과 족집게 선생님을 쫓아 끊임없이 몰려다녔고, 그런 엄마들의 노력과 학교와 선생님들의 뒷받침으로 개교 10년 만에 당당하게 명문으로 불리게 되고, 전국의 모든 어머니들의 시선을 받게 된다.

그런데 왜 이름이 보라냐고?
연예인 이름에서 따왔냐고?
뭐? 초록이 더 좋다고?
이런!
우리 학교 이사장님이 제일 듣기 싫어하는 소리를…!
매년 입학식에서 교장 선생님이 빼놓지 않고 하는 이야기가 학교 이름이다. 교장 선생님은 말씀 중에 아이들이 지루해 하고 빨리 끝냈으면 하는 분위기가 되면 갑자기 큰소리로 외친다.
"앞을 보라! 주위를 보라!
하늘을 보라! 미래를 보라! 자신을 보라!"
여기서 잠시 말을 끊고 학생들을 둘러보며 시선을 모은다.
"당장 자신의 앞에 놓인 할 일을 할 것이며, 주위를 둘러보는 여유를 가질 것이며, 꿈을 하늘과 같이 높게 가지고 미래를 준비하여야 할 것입니다. 그리고 무엇보다 먼저 자신을 아는 지혜가 필요합니다."

여기서 다시 한 번 말을 멈추고 학생들을 쭉 돌아본 후 다시 외친다.

"모든 것을 지혜롭게 보라는 의미에서 학교 이름을 '보라'라고 짓게 된 것입니다. 그러니 여러분들은 이를 명심하고 실천하는 학생이 되기를 바랍니다."

교장 선생님의 열변은 이렇게 끝마친다. 이 마지막 연설은 지난 10년간 한번도 빠지지 않았으며, 한마디도 바뀌지 않았다고 한다. 내가 입학식 하던 날에도 따라 하는 선배들 덕분에 주위의 학생들이 키득거렸고, 나도 웃음을 참느라고 애를 쓴 기억이 있다.

이제 우리 학교에 대해서 알겠지?
더 이상 자세한 것은 인터넷에서 검색해 봐!
그런데 난 누구냐고?
알았어. 내 소개를 할게.

나는 보라중학교 학생으로 올해 입학한 1학년 새내기다.
이름은 나미.
성이 정씨냐고?
내 별명을 어떻게…?
윤이야! 윤나미. 너무너무 예쁘지?
우리 가족은 아빠, 엄마, 큰오빠, 작은오빠, 나 이렇게 다섯 명이다. 아빠는 13호선 전철의 한강대학역 앞에서 빵 가게를 운영하는 사장님이다. 그런데 말이 사장님이지 직원이라고는 달랑 한 명이다. 바로 우리 엄마!

거기다가 월급은 한 푼도 없다. 어쩌다 엄마가 돈이 필요하면 아빠에게 달라고 하는데 그것도 사용처를 전부 설명하고 나서야 마지 못해서 아빠 지갑이 열린다.

내가 본 엄마는 지금까지 이런 아빠에게 한 번도 싫어하는 내색을 한 적이 없다. 그 점에 내가 더 화가 난다.

그래서 나는 어릴 적에 결심을 한 게 있다.

내 손으로 돈 많이 벌어서 엄마 왕창 주고 아빠한테는…… 음…… 드릴까 말까 아직 고민 중이다. 어차피 주더라도 벼룩의 간 만큼 줄 생각이지만. 어쨌든 내 목표는 그 돈으로 남자들에게 복수할 것이다.

헉……!

복수라고 하니까 살벌하게 들린다.

그냥 이담에 결혼하면 아빠가 엄마에게 했던 것처럼 나도 미래의 내 낭군에게 똑같이 하려는 아주 소박한 복수를 말하는 것이다. 너무 무섭게 보지 않았으면 좋겠다.

내가 무슨 얘기를 하던 중이었지?

아빠 얘기에 내가 너무 흥분했나 보다.

그래! 빵 가게 얘기를 했었지?

우리 아빠 빵 가게는 원래 부산에 있었다. 55년 전 할아버지가
부산에서 평양빵집으로 간판을 내걸며 시작되었고, 그 빵집을 아
빠가 계속 이어서 하고 있는 것이다.

빵집 이름에서 알 수 있겠지만 할아버지 고향은 평양이다.

평양에서 나고 자란 할아버지는 스무 살이 되던 해에 어쩔 수
없이 고향을 떠나야만 했다.

할아버지의 부모님 즉, 나에게 증조할아버지와 증조할머니 되
시는 분들은 늦게까지 자식이 없었다. 그러다 증조할아버지가 50
세가 되던 해에 할아버지가 태어났다.

평생을 농사 지으며 살아오신 두 분은 농사 이외의 일은 생각도
하지 않으셨다. 당연히 자식에게도 오로지 농사만 짓기를 바랐
고, 완고하게 자신들의 생각만을 고집하며 아들에게 공부할 기회
를 주지 않았다.

"농사꾼의 자식이 공부는 해서 뭐해! 농사만 잘 지으면 되지!"

배움의 길을 터주라는 사람들의 말에 두 분은 이 말씀만 되풀이
하며 역정을 내곤 하였다.

이렇게 증조할아버지와 증조할머니는 평소 생각대로 의기투합

하여 할아버지의 배움을 원천봉쇄하였다.

　그런 탓에 스무 살이 될 때까지 학교 문턱에는 가보지도 못하고 농사만 지어야 했다.　하지만 또래 친구들이 학교에 다니는 것을 볼 때마다,

　"내가 비록 배우지는 못했지만 서울에 가서 친구들 보다 더 많은 돈을 벌고야 말겠어!!"

하며 부러움 반, 오기 반으로 결심하곤 하였다.

　그러던 참에 6.25 전쟁이 터져버린 것이다.

증조할아버지는 피난 길에 오르는 할아버지에게 손까지 저어가
며 재촉한다.

"우리가 이 나이에 고향 땅을 떠나 어디로 가겠느냐? 우리 걱정
말고 앞날이 창창한 너만이라도 어서 떠나거라."

할아버지는 노부모가 걱정되었지만 두 분의 뜻에 따라 혼자 고
향을 떠나게 된다.

전쟁을 피해 무사히 부산까지 내려간 할아버지는 굶기를 밥 먹 듯이 하던 중에 군대에 가면 밥은 굶지 않는다는 말에 그 자리에 서 자원입대한다.

한글도 못 읽던 할아버지는 증조할아버지와 증조할머니의 바람 대로 취사병이 되어 전쟁터와는 조금 떨어진 후방에서 식사배급 과 식량운송에만 전념하게 된다.

바로 그 시절, 취사병 고참에게서 잠깐 배운 빵 만드는 기술이 오늘날 우리 아빠의 빵집을 있게 만든 것이다.

처음에는 오로지 밀가루 만을 가져다가 벽돌을 쌓아 만든 엉성 한 벽난로 형식의 오븐에 밑에서 장작을 때서 구운 빵으로 장사 를 시작했다. 그 당시에는 먹을 것이 워낙 없던 때라 그렇게 구운 빵만으로도 장사가 그런대로 잘 되었다.

이렇게 한 종류로 시작한 빵집은 할아버지의 노력 끝에 오 년 만에 빵 종류가 십여 종으로 늘어났다. 물론 여기서 빠질 수 없는 것은 할머니의 힘이다.

전쟁을 겪으면서 의지할 곳이 하나도 없게 된 할아버지와 할머 니를 이어준 곳도 바로 평양 빵집이다.

두 분의 이야기는 들을 때마다 내 마음을 짠하게 만든다.

전쟁은 참 슬프다.

가족들과 헤어져 생사도 모른 채 살아가는 수많은 사람들의 고 통을 완전히 알 수는 없지만 무섭고 너무 슬픈 이야기다.

평양 빵집에서 행복하게 두 분의 인생을 시작한 할아버지와 할머니는 가족이 없는 대신 많은 자식을 원했다. 그러나 삼신할머니가 두 분의 사랑과 행복을 시기한 탓인지 결혼 후 10년이 훨씬 넘어서야 아빠를 낳았고 더 이상 자식이 생기지 않았다.

할아버지와 할머니는 늦게 얻은 아들에게 큰 기대를 하며 이름도 '윤기대'라고 지었다.

그러나 두 분의 기대와는 달리 아빠는 학교에 보내 놓으면 만날 싸움이나 하고, 공부는 얼마나 안 했는지 교과서가 학년이 끝났는 데도 새 책과 구별이 안 되었다.

책을 아예 가지고 다니지도 않았다는 말이다.

그렇게 싸움만 하며 시라소니 흉내를 내고 다니던 아빠가 중학교를 졸업하자 할아버지는 고등학교 진학은 시키지 않고 빵집에 앉혀 놓았다. 그리고 증조할아버지와 증조할머니의 가르침대로, '빵꾼 자식은 빵만 잘 만들면 된다'고 하시며, 몽둥이로 두드려 패가며 빵 만드는 기술을 가르쳤다.

그 후 할아버지 빵집을 물려받은 아빠는 평양 빵집을 크게 키웠다. 물론 엄마의 힘이 더 컸다.

그리고 그 사이에 우리 형제도 태어났다.

큰오빠 이름은 윤춘성. 봄에 태어나서 '봄 춘(春)'에 무엇이든 이루어지라며 '이룰 성(成)'을 붙여 '춘성'이 되었다. 참고로 작은오빠는 '윤삼성'이다. 작은오빠는 동네 병원에서 태어났는데 그 병원 이름이 '삼거리 병원'이었고, '삼거리'의 '삼(三)'을 따서 '삼성'이라고 지은 것이다.

우리 아빠의 단순함은 적응이 안 된다. 게다가 말리지 않는 엄마는 더 납득이 안 간다.

응? 나는 어찌 된 거냐고?

왜 내 이름만 촌스럽지 않고 현대풍이냐고?

그게…… 말하기 부끄럽지만 해야겠지?

나도 병원에서 태어났는데 당시에 나를 받아준 의사 선생님의 이름이 '윤나미'였다.

내가 엄마 뱃속에서 행복하게 자라고 있을 때 엄마는 아빠와 함께 진찰을 받으러 병원에 갔다.

"의사 선생님! 너무 예쁘시네요. 천사 같아요!"

아빠가 의사 선생님을 보자마자 건넨 첫마디였다.

"호호호. 예쁘다니 기분 좋네요. 고맙습니다."

의사 선생님이 아빠 말을 받아주자 아빠는 기분 좋은 어조로 다시 말을 건넨다.

"정말이에요. 갓난아기들을 돌보는 천사 같다니까요. 제가 태어나서 이렇게 예쁜 분은 처음이네요."

"오──호호호호!"

천진난만한 아빠의 칭찬에 의사 선생님이 크게 웃는다. 그러자 엄마가 부끄럽기도 하고 화도 잔뜩 나 있는 목소리로 아빠를 제지하며 의사 선생님께 사과를 한다.

"죄송합니다."

의사 선생님이 정말 유쾌한 표정으로 손까지 저어가며 말한다.

"아니에요. 전 괜찮아요. 너무 고맙네요. 오랜만에 유쾌하게 웃었어요."

부끄러워 얼굴이 빨갛게 된 엄마는 아빠를 밖으로 내 보낸 후에 진찰을 받았고 다시는 아빠와 함께 병원에 가지 않았다.

집에 온 아빠는 의사 선생님의 이름표를 언제 보았는지 엄마를 붙잡고 말을 건넨다.

"당신 봤어? 그 의사 선생님이 같은 윤씨야! 이름은 나미!"

"어이구. 좋기도 하겠소!"

"이름이 너무 예쁘고 잘 어울리지 않아?"

"거기까지만 하시죠?"

아빠는 엄마가 무서운 눈초리로 째려보자 조용해졌다.

그후 내가 태어나고 나서야 아빠는 병원에 갈 수 있었고 의사 선생님을 다시 만날 수 있었다.

"같은 윤씨에다가 이렇게 예쁜 선생님이 우리 딸을 받아 주었으니 보통 인연이 아닙니다."

아빠가 나를 안아 들고 믿을 수 없다는 투로 말을 하며 의사 선생님을 바라본다.

"고맙습니다. 따님도 아버님처럼 밝고 훌륭하게 자라기를 바랍니다."

의사 선생님이 밝게 웃으며 덕담을 하자 아빠가 의사 선생님의 눈치를 살피며 말한다.

"우리 딸도 선생님처럼 예쁘게 커야 하는데…. 선생님만 괜찮다면 이 아이 이름을 '윤나미'라고 짓고 싶은데 어떻습니까?"

의사 선생님이 황송하다는 표정을 짓는다.

"저야 너무나 영광이죠."

"아이구! 감사합니다."

병실 안에서 일어난 이 작은 소란은 엄마의 제지로 끝이 났다.

내 친구들 중에 이 이야기를 알고 있는 사람은 아무도 없다.

나도 모르고 있었으면 좋았을 것 같다. 지우고 싶어도 아빠 얼굴이 겹쳐지며 당시 장면이 직접 본 것처럼 생생하게 떠오른다.

…… !! …… 울컥 ……

나는 우리 삼형제가 모두 엄마를 닮았다고 생각한다. 그런데 주위의 모든 사람들은 나 혼자 아빠를 닮았다고 한다.

그 무모한 성격과 공부하고는 아예 철저하게 담을 쌓아두고, 책을 베개 이외로는 사용해보지 않은 아빠와 내가 닮아 있다니 충격이다.

아니, 상관없다. 나만 아니라고 생각하면 그만이다. 매사에 차분하게 생각하고 신중하게 말하고 공부 잘하면, 그 누구도 내가 아빠랑 닮았다고 하지 않을 것이다.

큰오빠는 아빠를 닮은 점이 하나도 없고, 엄마를 쏙 빼닮았다. 외모뿐만 아니라 성격도 엄마를 닮았다. 그래서 그런지 공부도 열심히 하고 모범생이다. 아빠는 가끔 이렇게 말씀하신다.

"우리 춘성이는 나를 닮아 공부를 잘해."

그때마다 할아버지, 할머니, 엄마까지 나서서 말 한마디 안 하시고 아빠를 흘겨 보신다. 그러면 아빠는,

"아니 내가 뭘……."

하시고는 슬그머니 밖으로 나가신다.

가족 모두가 알고 있는 사실을 아빠만 진짜 모르시는 걸까? 아니면 모르는 척하시는 걸까?

도대체 엄마는 아빠의 어디가 좋아서 결혼을 한 것일까?

어떤 일이든 옳다고 생각한 일은 두 번 생각하지 않고 바로 행동으로 옮겨 버리는 우리 아빠.

에효…. 엄마는 그게 아빠의 매력이란다. 엄마는 지구상에 있는 남자들의 모든 매력을 전부 태평양 바다에 빠뜨려 버리고, '단순'이라는 단어와 무식하다고 할 정도의 '추진력'이라는 단어 두 가지만을 매력이라는 이름으로 남겨 둔 게 확실하다.

아빠가 빵집을 이어받아 열심히 생활하는 모습에 늘 얼굴에서 웃음이 떠나지 않던 할아버지와 할머니는 큰 오빠가 고등학교 3학년이 되던 해 겨울에 모두 세상을 떠나셨다.

나는 너무 슬펐으나 금방 잊어 버렸다.

처음에는 너무 슬프고 보고 싶었으나 시간이 흐르면서 두 분이 안 계시다는 사실이 자연스럽게 내 몸에 밴 사실을 알았다.

그런 내 자신이 너무 싫었다.

"아빠! 돌아가신 할아버지와 할머니에 대한 그리움과 슬픔이 점점 적어지는 것 같아 속상해요."

"그렇지 않단다! 네 마음 속에 두 분에 대한 추억이 남아 있지 않니?"

"그럼요. 많은 것을 기억하고 있어요. 얼마나 저를 예뻐해 주셨는데요…."

"그래. 두 분은 바로 추억으로 네 마음 속에 계시단다."

아빠는 웃으면서 나를 바라보았다. 그리고 나는 그 날 이후, 두 분이 세상에 없다는 것이 슬퍼해야 할 일만은 아니라는 것을 어렴풋이 알게 되었다.

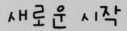

새로운 시작

　그 후, 우리 잘난 큰오빠는 고등학교를 졸업하며 서울에 있는
명문 한강대학교의 경제학과에 합격을 하였고, 합격 소식을 들은
아빠는 그날로 무작정 빵집을 팔아 서울로 왔다.
　아빠는 빵집을 개업할 장소로 역 앞이 사람이 제일 많이 다닌다며 무작정 역 앞을 뒤졌다. 그리고 한강대학교 앞에 있는 '한강대학앞' 전철역 바로 앞에 빵집을 개업했다.

아빠의 무모하다 싶을 정도의 추진력은 존경할 만하지만 100평이 넘는 빵집과 빵집 뒤에 있던 2층짜리 집을 몽땅, 그것도 급하게 내놓는 바람에 제값도 받지 못하고 팔다니! 지금의 빵집은 달랑 10평짜리. 아-, 제빵실과 창고까지 합하면 20평은 될라나? 거기다 집은 가게 2층이다.

방이 3개뿐이라 처음에는 큰오빠와 작은오빠가 방을 함께 쓰다가 작은오빠 성화에 옥상에 방을 만들어 큰오빠가 생활한다.

옥탑방은 넓고, 목욕탕과 바깥으로 통하는 철 계단이 있어 완전히 독립된 공간이 되었다. 작은오빠는 자기가 아이디어를 냈으니 자기가 써야 한다며 난리가 났고, 결국은 작은오빠로 결정 되는가 싶었지만 아빠의 호통 소리에 옥탑방의 사용권은 큰오빠에게로 넘어갔다.

그날부터 작은오빠는 아침밥을 거르고 학교에 갔다. 엄마가 작은오빠를 타일러 보았지만 말을 듣지 않자,

"이녀석, 네가 배가 부른 모양이구나?"

하시더니 다음 날부터는 용돈을 주지 않았다.

학교에서 2인분이 넘는 점심을 먹고 집에 와서는 저녁밥까지

거르며 투쟁하던 작은오빠는 결국 일주일 만에 항복하였고, 엄마
에게 한 시간을 넘게 혼이 나고 나서야 끝이 났다.

　나는 그 날 이후 엄마에게는 어떠한 경우에도 반란을 일으키면
안 된다고 머릿속에 새겨 놓았다.

　이렇게 시작된 우리 가족의 서울 생활은 '한강빵집'을 개업하며
본격적으로 시작되었다.

　헉——!

　빵집 이름이 '한강 제과' 나 '한강 베이커리' 도 아니고 '한강 빵
집'이라니.

　작은오빠와 나는 '빵집' 만은 안 된다고 결사 반대를 외쳤다.

"아빠! 촌스럽게 빵집이 뭐예요? 안돼요. 난 반대예요."

내가 얼굴까지 붉혀가며 말을 하자 아빠가 단호한 표정으로 말씀하신다.

"농사꾼이 쌀농사를 지어서 쌀을 팔면 '쌀집'이고, 빵꾼이 빵을 만들어서 팔면 '빵집'이지. 나는 제과를 만들 줄도 모르고 베이커리는 또 뭐꼬? 베이커리는 만들어 보기는커녕 들어 본 적도 없다. 한강 빵집이 뭐가 어때서? 듣기 좋고 부르기 좋으면 되지."

아빠의 목소리에는 의지가 담겨 있었다.

아빠를 설득하는 것을 포기한 작은오빠와 나는 동조를 구하려고 엄마를 쳐다보며, 창피하게 빵집이 뭐냐고 작은 소리로 구시렁거렸다. 그러나 도끼눈의 엄마 눈초리 한 방에 더 이상 입을 열지 못했다.

사실 얼마 전에 있었던 작은오빠의 옥탑방 투쟁의 결과, 작은오빠와 나는 더 이상 엄마의 상대가 아니었다.

나는 억울했다. 일은 작은오빠가 저질렀는데 왜 나까지 주눅이
들어야 하는지 이해가 되지 않았다.

작은오빠가 정말 밉다.

그때.

"아버지 뜻대로 하셔야죠!"

큰오빠가 아빠 생각대로 하는 게 당연하다는 표정으로 말한다.

"이제 대학생인데 준비할 게 많지?"

아빠의 목소리에는 큰오빠가 믿음직스럽다는 마음이 보인다.
그리고 지갑을 열어 그 속에 있던 돈을 통째로 꺼내 큰오빠에게
건네준다.

작은오빠와 나는 멍하니 큰오빠를 쳐다보았다.

"이 배신자."

작은오빠가 얼굴을 붉히며 큰오빠를 노려본다.

나는 새삼 큰오빠의 놀라운 처세술을 보며
배신감과 존경심을 함께 느껴야 했다.

그리고 그 날 이후 나는 큰오빠의 처세
술을 배우기 위해 큰오빠가 하는 모든 말을
놓치지 않고 들으려 했고, 중요하다고 생각
되는 말은 메모를 했다.

큰오빠의 처세술을 따라 한 결과는
놀라웠다. 한 달이 지나 내 용돈을 계

46

산해 보니 무려 25%나 오른 것이다. 단지 말 한마디와
태도만 조금 바꾸었을 뿐인데….

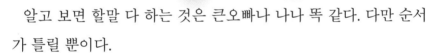

　그 후 나는 큰오빠를 존경하기
시작했다.
　내가 본 큰오빠는
부모님 말씀에 싫든 좋든
일단, '예, 알겠습니다.' 하며
부모님 말씀을 끝까지
다 듣는다. 그러고 나서
자기가 하고 싶은 말을 다 한다.
　알고 보면 할말 다 하는 것은 큰오빠나 나나 똑 같다. 다만 순서
가 틀릴 뿐이다.
　나는 아빠, 엄마가 말씀 중이더라도 내 생각과 다르거나 싫으면
그 자리에서 내 의견을 얘기하거나 싫다고 했다. 그런데 큰오빠
처럼 했더니 그전 보다 내 말을 더 잘 들어 주신다.
　큰오빠는 대학생이 되더니 전과 다르게 말투나 행동이 어딘가
어른들과 많이 닮아 있었다.
　뭐랄까? 가볍지 않다고 할까?
　자기 생각만 고집하지 않는 것도 나하고는 많이 달랐다.
　나는 일단 고집을 버리기로 했다. 사실 고집 부려보았자 얻는

것도 없이 항상 혼나기만 했으니 별로 손해 볼 것도 없다.

어쨌든 나는 정말 힘들었지만 열심히 노력했다.

부모님의 말씀을 끝까지 다 듣고, '예 알겠어요.' 하고 대답하기까지 내 가슴은 터질 것 같았고, 머리는 텅 비었다. 그래도 나는 투정부리지 않고 짜증내지 않고 부모님 말씀에 따랐다. 나중에 내 손에 쥐게 될 용돈을 생각하며…….

참는 자에게 복이 온다고 했고, 승자는 항상 마지막에 웃는다고 했다.

"우리 나미 중학생이 되더니 어른이 다 됐네."

엄마가 대견하다는 표정을 지으며 용돈을 주신다.

"고맙습니다."

용돈을 받아 든 나는 얼른 내 방에 들어가 그 동안 노력한 결과를 확인했다.

야――호!

지난 달에 비해 만 원짜리가 한 장 더 들어 있었다. 그 동안의 노력이 결코 헛되지 않았음을 깨닫는 순간 설움이 밀려온다.

이제는 학교 앞 떡볶이 집도 마음대로 드나들 수 있게 됐다.

자신만만한
기말고사

나의 중학교 생활은 각종 쪽지 시험에 평가 시험, 중간고사는
학교 입학한 지 두 달 만에 치러졌고, 또 다시 각종 평가에다가
하다못해 지능테스트와 적성테스트까지 온통 평가의 연속이었

다. 그렇게 여러 가지 시험은 내 지식을 평가하는 게 아니라 인내심을 시험하듯 나를 흔들었다. 그리고 기말고사가 코앞에 닥쳤다.

"영희야, 공부 좀 했니?"

"이번 시험 포기했어."

"너는?"

"내가 언제 시험 준비하는 것 봤어? 수업 끝나면 떡볶이나 먹으러 가자!"

수연이는 시험하고는 전혀 관계없다는 투로 말한다.

영희와 수연이 그리고 나, 이렇게 셋은 같은 반으로 떡볶이 친구다.

입학 후 첫날, 수업이 모두 끝나고 청소 시간이 되자 담임 선생님은 무작위로 번호를 뽑아 화장실 청소를 맡겼다. 바로 우리 세 명이었다. 서로 서먹하여 말없이 화장실 청소를 시작했다. 조용한 분위기가 답답했던 나는,

"중학 생활 첫날에, 같은 반에, 같이 화장실 청소를 하게 되다니. 이것도 인연인데 친하게 지내자. 나는 나미야."

라며 먼저 내 소개를 했다.

"난 영희! 인연도 아주 재미있는 인연이네. 호호."

"난 수연이야. 잘 지내자."

우리는 우연은 필연이라고 소리 질러가며 친구가 되었다. 그리고 다들 떡볶이를 밥보다 좋아한 탓에 떡볶이 친구라고 불렀다.

수업이 끝나기가 무섭게 우리는 떡볶이 집으로 달려갔다.

영희가 떡볶이를 찍어 입으로 가져 가며 수연이를 보고 말을 건넨다.

"너 진짜 공부 안 했어?"

"애는? 내가 언제 공부하디?"

"하긴…. 그런데 네가 우리보다 중간고사 성적도 훨씬 좋았잖아! 초등학교 때도 잘했다면서?"

"초딩 때랑 지금이랑 같니? 그때는 공부랄 것도 없이 책만 조금 보면 됐는데 지금은 완전 다르잖니? 암기할 것도 많고."

수연이의 말에 영희가 못 믿겠다는 표정을 지으며 말한다.

"그래도 너는 잘 볼 거야. 기본이 있으니까."

"그런 말 하지 마! 요즘 이상하게 암기가 잘 안돼. 책을 보면 이해는 되는데."

나는 수연이 말을 듣고 기분이 나빠졌다.

"야! 나는 일단 이해가 안돼서 힘든데… 누구 약 올리냐?"

"그게 아니고 이해한다고 공부가 끝나는 게 아니잖아. 결국 암기를 해야지."

"그래도 일단 이해가 되야 뭘 하든 할 것 아냐!"

짜증이 역력하게 느껴지는 내 말투에 수연이는 더 이상 말이 안 통한다고 생각했는지 떡볶이를 신경질적으로 찍으며 한숨을 푹 쉰다. 그리고 다시 떡볶이를 포크로 찍어 입으로 가져 가려다가 영희를 향해 쑥 내민다.

"야! 너도 지난번 평가시험 잘 봤잖아! 그리고 학원에서도 너 늦게까지 공부하다 집에 간다고 학원 쌤이 칭찬하던데?"

"야아~! 떡볶이 튀었잖아! 또 엄마에게 혼나겠네."

영희가 행주를 가져다가 옷에 빨갛게 튀어버린 떡볶이 국물을 닦는다. 그리고 다 닦은 행주를 테이블 위에 놓으며 힘 없는 목소리로 말한다.

"아니야. 이번 시험은 범위가 너무 넓어. 자신 없어."

영희 말에 수연이가 힘없이 대꾸한다.

"맞아! 1학기에 배운 것 전부를 시험 본다는게 말이 되니? 적어도 중간 고사 범위는 빼야 되는 것 아니야?"

수연이가 떡볶이를 포크로 찍어 접시에 묻어 있는 떡볶이 국물을 한쪽으로

모은다. 그러다 부럽다는
눈으로 나를 쳐다보며
말한다.

"나미는 좋겠다. 집에
가서 오빠한테 배우면
되니까."

수연이는 전에 우리 집에
놀러 와서 큰오빠를 보고 눈을
반짝이더니 한강대학교에 다닌다는 말을 듣고는 큰오빠의 팬이
되었다.

"부럽긴~! 큰오빠는 나를 동생이 아니라 돈으로 생각해서 싫
어."

내 말에 둘은 깜짝 놀라며 묻는다.

"무슨 말이야? 돈이라니?"

"말 그대로야. 나한테 공부 가르쳐 주고 아빠한테 과외비 챙겨
가니까."

수연이가 째려보며 말한다.

"너 진짜 행복한 소리 한다."

"진짜 큰오빠 싫어! 날 위하는 척하며 자기 것 다 챙긴다니까?"

수연이가 떡볶이를 째려보면서 포크로 푹푹 찍어가며 계속해서

입에 넣는다. 불룩해진 볼을 만져가며 입을 우물거리더니 꿀꺽
삼킨다. 그리고 떡볶이가 목에 걸렸는지 가슴을 손바닥으로 탁탁
치며 물을 마신다.

"나도 같이 배우고 싶은데 안되겠니?"

무언가 바라는 눈빛으로 나를 쳐다보는 수연이를 보며, 순간 무
슨 말을 해야 할지 몰라 눈만 깜박였다.

"안돼!"

내가 갑자기 큰소리를 내자
옆에서 가만히 보고 있던
영희가 끼어든다.

"야! 너 진짜 웃긴다. 오빠
하나 갖고 유세 떠냐?"

"얘는 무슨 말을 그렇게 하니?
내가 언제 유세 떨었다고ㅡ."

"떨었잖아! 안된다며? 오빠한테
물어 볼 테니 잠깐 기다리라고
하면 모를까? 그렇게 바로 안 된다고
하니까 그렇지."

"그건……."

내가 더듬거리자 수연이가 나를 쳐다보며 웃는다.

"오늘 떡볶이 내가 살게. 오빠한테 물어봐 주라. 응?"

"알았어! 나 먼저 간다."

할 말이 없어진 나는 남은 떡볶이를 입안 가득히 넣고 떡볶이 집을 나왔다.

저녁식사를 마치고 옥탑방에 올라가 큰오빠에게 수연이 이야기를 하였다. 큰오빠는 나만 괜찮다면 자기는 좋다며 웃는다.

바보같이 뭐가 좋다고 웃는 거야? 괜히 기분이 나빠진 나는 큰오빠에게 대꾸도 하지 않고, 그냥 문을 열고 밖으로 나왔다.

내방에 들어가 방문을 걸어 잠그고는 책상에 앉아 영어책을 펴 들었다.

이런……!

아는 단어 보다 모르는 단어가 더 많다.

짜증난다.

난 외국서적은 볼 생각도 없고 외국에 나가 살 생각도 없는데 이걸 왜 해야 하지?

외화를 볼 때도 자막이 있어서 아무 문제 없고, 소설은 번역해 놓은 걸 보면 되고, 번역이 안 되어 있는 건 처음부터 관심 없으니 상관 없고, 어차피 내가 알 정도의 외국서적이라면 기다릴 것도 없이 번역서가 서점에 나와 있을 것이고, 인터넷이 조금 문제지만 번역 프로그램을 쓰면 필요로 하는 정도의 내용은 그때그때 번역이 가능하니 문제 없고….

도대체 내가 왜 영어를 해야 하냐고——!?

"몇 년 후 대학에 가거나 사회에 나가면 기본적으로 필요하니 열심히 해라."

중학교에 입학한 후 첫번째 영어 수업 시간에, 선생님이 처음으로 하신 말씀이다.

하지만!

대학은 영어하고는 저~언혀 상관없는 곳을 가면 되고, 월급은 조금 적더라도 영어가 필요하지 않는 직장을 다니면 되지 않나?

조금 억지라는 생각이 들긴 하지만 내 머리에서 나온 생각치고는 나름 꽤 설득력 있는 내용이다.

보고 있던 영어책을 덮어 가방에 넣었다. 그리고 수학 문제집을 펼쳐 책상 위에 놓고 연습장을 책상 앞으로 끌어다 놓았다.

   ㅣ. 다음 중 집합인 것을 모두 고르면?
      ① 아름다운 돼지의 모임
      ② 0보다 작은 자연수의 모임
      ③ 우리 학교에서 입이 두꺼운 사람들의 모임
      ④ 우리 학교 졸업생들의 모임

1번은 아름다운 돼지가 어떤 돼지인지 알 수가 없으니 틀리고, 2번은 0보다 작은 자연수는 없으니 틀리고……. 답은 ④번이네!

문제를 풀면서 답을 연습장에 쓰다가 낮에 떡볶이 친구들과 나누던 대화가 생각났다.

영희 고것이, 뭐? 포기해? 그리고, 시험공부 같은 건 안 한다고? 수연이도 그렇고 다들 내 앞에서는 서로 시험 같은 건 관심 없다고 말들은 하지만 눈빛들을 보니 내숭떨고 있는 게 틀림없어.

괜히 열 받는다.

"어디 두고 보자."

나는 눈에 불을 켰다.

"이러고 있을 때가 아니야!"

책상 위에 있는 책들을 깨끗이 다 치우고 옷장을 뒤져 하얀 손수건을 꺼내 책상 위에 펼쳐 놓았다. 그리고 대각선을 기준으로 해서 삼각형으로 접었다. 삼각형이 된 손수건의 꼭지점을 앞으로 당겨 적당한 간격으로 접어 올렸다.

다 접은 손수건을 뒤집었다.

까만 색의 매직펜으로 '타도 떡볶이'라고 썼다.

어딘가 양이 차지 않는다.

빨간 매직펜을 꺼내 떡볶이라고 쓴 글자 위에 더 크게 덧칠했다. 이제야 조금 낫다는 생각이 든다.

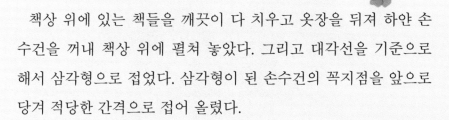

손수건으로 만든 띠를 머리에 둘렀다.

다음날부터 나는 학교도서관이나 학원에서는 공부하지 않았다. 특히 애들이 있는 곳에서는 일부러 시험에는 관심도 없다는 듯

보이려고 애를 썼다. 대신 집에만 오면 내 방에 틀어박혀 두고 보
자며 이를 악물고 공부했다.

드디어 성적표를 받고 선생님에게 작별 인사만 하면 중학교에
입학해서 처음으로 맞는 방학이다.

아무 계획도 없지만 일단 학교를 가지 않는다는 사실에 너무 신
이 났다.

그리고 아침에 늦잠을 잘 수 있다는 생각에 웃음이 절로 났다.
저녁에 늦게 잔다며 야단치는 엄마 목소리를 안 들어도 되고….

나는 방학이 주는 여러 가지 혜택을 생각하며 교실 창 밖을 보

고 있었다. 하늘도 내 마음과 같이 청명했다.

드디어 담임선생님이 성적표를 들고 교실에 들어 오신다.

나는 잊어 버리고 있던 친구들에 대한 경쟁심이 다시 살아나는 것을 느꼈다.

<u>호호호!</u>

두고 봐라! 놀랄 것이다!

별로 공부하지도 않아 보이던 내가 어떤 성적을 내는지. 내 성적을 보면 떡볶이들은 모두 놀라서 뒤로 넘어질 거야.

성적표를 받아 펼쳐본다.

으아아아악－－－－－!

이럴 수가!

반 성적이 35명 중 33등이다.

말도 안돼! 반에서 10등은 할 줄 알았는데.

영희와 수연이는 얼굴에 미소를 짓고 있다. 성적이 잘 나온 모양이다.

저 내숭덩어리들. 나 보다 더 열심히 공부한 게 틀림없다.

기분이 나빠진 나는 학교가 끝나자 친구들에게 방학 잘 지내라는 말만 하고 바로 집으로 돌아와 버렸다.

뒤통수가 따가웠다.

아랫목의 추억

집에 도착해 대문을 열고 들어갔다.

2층으로 올라가려니 발이 떨어지지 않는다.

허탈했다.

힘들게 2층으로 올라갔다.

거실에는 마침 아빠와 엄마 그리고 큰오빠까지 있었다.

내가 거실로 들어서자 다들 무어라고 한마디씩 하는 것 같다. 그러나 내 귀에는 어떤 소리도 들리지 않았다.

나는 자리에 앉지도 않고 가방을 열어 성적표를 꺼내 두 손으로 내밀었다.

아빠와 엄마에게 엄청 혼났다.

"죄송합니다. 아버지, 어머니. 제가 신경 쓸게요."

큰오빠가 아빠와 엄마에게 정말 죄송한 얼굴로 진지하게 말하자 아빠가 답답하다는 표정으로 큰오빠를 쳐다보며 말한다.

"그래, 바쁘더라도 네가 신경 좀 써야겠다. 이게 뭐냐?"

"방학 동안에 놀 생각하지 말고 하루 두 시간씩 나랑 공부하자. 알았지?"

"…………!"

큰오빠의 말에 내가 아무 말도 하지 않고 눈치만 살피자, 아빠가 걱정스럽다는 듯이 말한다.

"네가 두 시간씩이나 시간을 낼 수 있겠니?"

"아르바이트 시간을 조금 줄이면 됩니다."

자신 있는 목소리의 큰오빠 말에 아빠는 크게 웃는다.

"그러면 이 아빠가 용돈을 더 올려줘야겠구나!"

또 나왔다. 큰오빠의 처세술.

부모님께 점수 따고 용돈 받아내고, 꿩 먹고 알 먹고 둥지 털어 불 쬐는 큰오빠의 그 놀라운 경지.

정말 얄밉다.

그냥 꽉 깨물어 주고 싶다.

"악———!"

갑자기 큰오빠가 비명을 지른다.

이런!

내가 생각만 한 게 아니라 큰오빠 어깨를 으스러져라 물어 뜯고

있었다.

엄마의 야단치는 소리에도 놓고 싶지 않았다. 하지만 큰오빠가

너무 고통스러워 하는 것 같아 불쌍해 보여 그만 물고 있던 어깨를 놓아주었다.

"무슨 여자 애가 도대체… 쯧쯧…!"

엄마가 어이없다는 표정으로 쳐다본다.

"아프지 않은데 그냥 아픈 척한 거예요. 혼내지 마세요."

큰오빠가 어깨를 주무르며 아무렇지도 않은 척한다.

아니! 아프지 않다면서 어깨는 왜 주물러?

말이나 하지 말던가!

나는 큰오빠를 째려보았다.

엄마는 혀를 차며 말한다.

"쯧쯧. 큰오빠가 저렇게 자기를 위하는 줄도 모르고 하는 짓이라고는…!"

으윽.

얄미워.

아까 괜히 놓아주었어. 더 물어 뜯었어야 했는데….

그때 아빠의 표정이 심상치 않음을 느꼈다.

아빠에게 혼나면 엄마가 용돈을 줄이는데 큰일이다.

아빠가 화를 내지 않도록 해야 하는데 어떡하지?

걱정하고 있는데 '드르륵' 하고 방문이 열린다.

"학교 다녀 왔습니다."

작은오빠다.

아빠의 시선이 작은오빠를 향한다.

휴一一! 살았다. 오빠는 자리에 앉자마자 가방에서 성적표를 꺼내 아빠에게 내민다.

"죄송해요. 성적이 조금 밖에 오르지 않았어요."

아빠는 성적표를 펼쳐보더니 활짝 웃는다.

"무슨 소리냐? 전교에서 10등이나 하지 않았니? 잘했다! 정말 잘했어! 그래, 아빠가 뭐해 줄까?"

"제가 10등 안에 들면 허락해 주신다고 약속하신 대로 허락만 해주시면 돼요. 이번 여름방학에 친구들과 2주 동안 마음껏 놀고, 내년에는 고3이니 대학입시 준비만 할 겁니다. 걱정 말고 보내주세요."

"그래, 그렇게 하자."

말씀하시는 아빠 입이 귀에까지 걸린다.

"응? 쌍 삼?"

작은오빠가 큰오빠 앞에 있던 내 성적표를 들고 어이없다는 표정을 지으며 입을 다물지 못하고 있다.

나는 얼른 일어나 성적표를 작은오빠 손에서 뺏어 들고 눈이 찢어질 정도로 노려보았다.

엄마는 작은오빠를 보며 웃다가 작은오빠를 째려보던 나를 발견하고는 도끼눈을 하신다. 나는 엄마의 도끼눈 한방에 고개를 푹 숙이며 내방으로 건너갔다.

"성적표 놓고 가라! 살펴보게."

방문을 막 열려는 순간 큰오빠가 손을 내밀며 말한다.

윽! 어떡하지?

아까는 아무렇지도 않았는데 지금은 이상하게 내놓기가 싫어진다.

책상에 앉아 많은 생각을 했다.

왜 나만 성적이 이 모양이지?

큰오빠는 항상 열심히 노력하는 사람이라 당연하지만, 작은오빠는 허구한날 친구들과 놀면서도 어떻게 성적이 잘 나올 수 있느냐고!

이해가 안 간다.

언젠가 작은오빠에게 비결을 물어본 적이 있는데 오빠의 대답은 간단했다.

"너 자신만의 공부 방법을 찾아!"

"뭐?"

"학원을 다니든, 혼자 하든, 그건 중요하지 않아. 중요한 건 바로 집중이야. 그래야 같은 시간에 더 많은 효과를 낼 수 있을 뿐만 아니라 기억에 더 오래 남는다."

나는 작은오빠의 말대로 실천에 옮기려고 했으나 잘되지 않았다. 책상에 앉아 공부만 하려고 하면 얼마 지나지 않아 졸음이 오거나 무언가 먹고 싶다는 생각이 들면서 배도 고파졌다.

그러면 자리에서 일어나 엄마에게 먹을 것을 달라고 하거나 냉장고를 뒤졌다. 주전부리를 하고 다시 책상에 앉으면 이내 졸음이 쏟아졌다. 식곤증이다. 이렇게 내 결심은 늘 무의미하게 끝이 났다. 하지만 오늘부터는…….

"나미야 일어나! 자리에 누워서 자!"

엄마 목소리가 들린다.

이런!

작은오빠 말을 생각하다가 잠이 든 모양이다. 거울을 보니 이마가 빨간 게 모양이 우습다. 게다가 아직도 졸린 눈을 하고 있다.

방바닥을 보니 이불이 깔려 있다.

오늘은 이상하게 피곤한 날이다.

68

그냥 일찍 자야겠다.

자리에 누워 담요를 끌어 머리까지 덮었다. 시간이 조금 지나자 덥기도 하고 답답하기도 했다. 담요를 걷어 방 한쪽 구석에 발로 밀어 버렸다.

갑자기 돌아가신 할아버지와 할머니 생각이 난다.

할아버지와 할머니는 방바닥이 따뜻해야 좋아하셨다.

겨울 뿐만이 아니라 여름에도 아주 더운 날을 제외하고는 뜨거운 게 좋다고 하시며 방바닥을 따뜻하게 하고 주무셨다.

겨울에 할아버지 방에는 항상 이불이 깔려 있었고, 나는 학교에 다녀오면 바로 할아버지 방으로 들어가 이불 속으로 파고 들었다. 할머니께서는 기다렸다는 듯이,

"이리 아랫목으로 오너라."

하며 내 손을 끌었다.

방바닥에는 보일러가 깔려 있어 어디 한군데만 더 따뜻할 리가 없었지만 두 분에게는 나름 아랫목이 있었다. 그리고 그 아랫목은 이상하게도 다른 곳보다 더 따뜻했다.

그렇게 할아버지와 할머니의 이불 속은 너무 따뜻했고, 그 따뜻한 기분은 어느새 내가 추억하는 겨울의 한 부분으로 자리했다.

두 분의 이불 속에는 밥도 있었다. 할머니는 밥이 남으면 공기

에 담고 뚜껑을 닫아 이불 밑에 넣었다.

　그 밥은 이불 속의 따뜻함을 좋아하던 내게 그 따뜻한 기분의 연장선에 있었고 식사시간이 되면 늘 내 차지가 되었다.

　학교에 다녀와서 씻지도 않고 지저분하게 이불 속으로 들어간 다고 엄마에게 늘 야단을 맞았지만 그 추억은 어느새 나의 일상 이 되었고, 나는 지금까지 침대를 쓰지 않고 있다.

　우리 집에서 침대를 쓰는 사람은 작은오빠 혼자 뿐이다.

　가끔 작은오빠 침대에 누우면 썰렁했다.

　밑에서 따뜻한 기운이 올라와 그 따스함이 나를 감싸는 것이 느 껴져야 하는데 그게 아니었다.

　반대로 내 몸에서 나는 열기로 이불과 침대를 따뜻하게 한 후에 야 약간의 포근함이 느껴졌기 때문이다.

　할아버지와 할머니가 쓰시던 두꺼운 솜이불이 정말 좋았는 데……．

옥탑방 손님

시계 벨 소리가 울리지도 않았는데 눈을 떴다.

시계를 보니 아침 6시다. 평소보다 1시간이나 일찍 일어났다.

오늘부터 방학이라 깨우기 전에는 일어나지 않을 생각으로 시계 알람도 맞춰 놓지 않았다. 엄마가 밥 먹으라고 깨우면 일부러 안 일어나고 있다가 다들 식사가 끝날 때쯤 일어나 씻지도 않고 밥을 먹을 생각이었는데 이상하게 더 일찍 일어났다. 어제 저녁에 너무 일찍 잔 모양이다.

방학하던 날 영희는 여수에 있는 할아버지 댁에 간다고 하였고,
수연이는 춘천에 있는 외가댁에 간다고 하였다. 다른 친구들도
모두들 여름 휴가 이야기를 떠들어대느라 정신이 없었다. 나는
수연이 외가댁이 있다는 춘천에 한번 가보고 싶다는 생각이 들었
다.

하지만 우리집은 놀러 갈 계획은커녕 빵집 여름 휴일도 아직 잡
지 않았다. 오빠들이 먼저 얘기하겠거니 눈치를 보고 있다가 방
학이 시작된 것이다.

작은오빠는 벌써 친구들과의 계획이 잡혀 있고, 큰오빠도 아르
바이트 때문에 쉽게 시간을 내기 힘들어 보이는 것이, 오빠들만
믿고 있으면 안될 것 같다.

내가 넌지시 말을 꺼내야겠다.

역시 다 같이 모여 있는 저녁 식사 때가 좋겠지?

그런데 어디로 가자고 하지?

여수는 너무 멀고!

춘천에 가서 수연이 놀라게 해줄까?

'해피데이'의 '내 고장1박2일' 이라는 TV프로에서 소개한 서해
안의 갯벌도 너무 좋던데, 그곳으로 가자고 할까?

이불 속에서 이런저런 생각을 하다가 그만 씻어야겠다고 생각

하며 자리에서 일어났다. 목욕탕에 들어가 이빨을 닦고 세수를
하고 있는데 밖에서 소란스런 소리가 들린다. 손님이 찾아온 모
양이다.

　누구지? 이른 시간인데?

　이 시간에 손님이 찾아온 적은 없는데?

　세수를 마친 나는 상쾌한 기분으로 주방으로 갔다. 엄마가 식사
준비를 하고 있다. 식탁 위에 예쁘게 잘라 올려놓은 계란말이를
손가락으로 집어 입에 넣었다.

　"음--! 너무 맛있다. 역시 우리 엄마 최고야!"

　나는 다시 계란말이를 한번에 세 개를 집어 들며 말했다.

　"엄마! 누구 왔어요?"

엄마는 내 손에 쥐어져 있는 계란말이를 보며 말씀하신다.

"큰오빠 친구! 그리고, 그렇게 막 집어 먹으면 음식이 누가 먹던 것처럼 보이잖니. 건드리지 마라!"

"뭐? 큰오빠 친구? 정말?"

"그래! 당분간 우리집에서 지낼 거다."

"그게 무슨 말이에요? 우리집에서 지낸다니?"

"그 동안 고모 집에서 학교 다녔는데, 교수님 도와주는 일이 늦게 끝나니까 집도 멀고 따로 방 얻기도 그렇고 해서 여기서 지내기로 한 모양이다."

"뭐? 큰오빠는 그럼 아빠 엄마한테 상의도 안 하고, 혼자 결정하고 친구를 데려 왔다는 말이에요?"

"그건 아니야. 전에 벌써 상의해서 그렇게 하기로 한 거야."

"진짜? 엄마는 그럼 나한테 미리 얘기를 해줘야죠."

"들어 오면 어차피 알게 될 건데 뭘. 그리고 엄마도 잊어버리고 있었지~."

"엄마는 잊어버릴 게 따로 있지, 그런 걸 잊어버려요?"

"너도 엄마 나이 돼 봐라."

"그런데 7시 밖에 안됐는데 벌써 아침 식사 준비하세요?"

"큰오빠가 지금 나간단다."

나는 큰오빠 친구가 누군지 궁금해졌다.

"엄마. 나 큰오빠 방에 올라가 봐도 돼요?"

"나갈 준비하느라 바쁠 텐데 가서 뭐 하려고?"

나는 계란말이를 두 개 더 집어 한입에 넣고 우물거리며 대답했다.

"엄만~! 알았어. 그런데 큰오빠 친구 누구예요?"

"네가 왜 궁금한데?"

"그냥 궁금하니까! 내가 본 적 없나요?"

"그래, 나도 처음 보는 친구다. 그리고 손대지 말라고 했지!"

엄마가 큰소리를 내며 들고 있던 젓가락으로 내 손등을 내리친다.

"엄만! 겨우 계란말이 하나 갖고~!"

나는 엄마의 젓가락을 피해 내 방으로 들어가며 손가락을 빨았다. 책상에 앉으려다가 혹시 큰오빠 친구와 마주칠지도 모른다는 생각에 외출복으로 갈아 입었다.

그때 밖이 시끄러워진다. 큰오빠가 내려온 모양이다.

"어머니! 이렇게 일찍부터 죄송합니다."

"그런 소리 하지 말고 얼른 먹어. 바로 나가야 한다며?"

"예. 잘 먹겠습니다."

"찬은 입에 맞을까 모르겠네?"

"너무 맛있어요. 저희 어머니
께서 해주신 것보다 더 맛있는데
요?"

"설마 어머니가 해주시는 것보
다 맛이 있을라고. 말이라도 고
맙네. 많이 먹어."

"예. 어머니."

서글서글한 말투에 다정다감
이 느껴지는 목소리였다.

갑자기 더 궁금해졌다.

문을 살짝 열고 내다보려다 그
만 두었다.

혹시 눈이라도 마주치면 얼마
나 창피할까?

그것도 몰래 보려다 걸리면?
하는 생각이 들었기 때문이다.

여름 휴가

저녁 식사 시간.

식탁에 앉았는데 밥공기가 3개다.

"엄마! 밥이 왜 3개뿐이에요?"

"큰오빠는 늦고, 작은오빠도 휴가 계획 세운다고 늦는다더라."

아빠는 가족이 다 함께 움직이지 않으면 외식도 하지 않는다.

그런 아빠의 생각에 엄마도 무조건 함께 하신다. 그래서 다 같이 있을 때 말해서 휴가계획을 잡으려 했는데 상황을 보니 여름 다 지날 때까지 가족이 모이기 힘들 것 같다.

놀러 가자고 어떻게 말할까 고민하다가 식사를 다 마쳐갈 때쯤 되어 아빠에게 말을 꺼냈다.

"아빠! 우리 어디로 가요?"

아빠에게 슬쩍 물어 본다는 게 그만 밑도 끝도 없는 말이 내 입에서 툭 튀어나왔다. 아빠가 물을 마시다가 컵을 내려 놓고 나를 쳐다보며 묻는다.

"그게 무슨 말이냐?"

나는 뭐라고 대답해야 할지 몰라 의지하듯 엄마를 바라보았다. 하지만 엄마 역시 무슨 말인지 몰라 하는 눈치였다.

말을 꺼내놓고 주춤거리며 확실하게 말을 끝내지 않으면 아빠가 불호령을 내리는 것을 잘 알고 있던 나는 바로 아빠 얼굴을 쳐다보며 말했다.

"우리 가족--! 휴가 말이에요."

"가족 휴가?"

"예! 이번 여름에 어디로 놀러갈 거냐고요."

"???"

아빠는 엄마 얼굴을 잠시 바라보다가 생각난 듯 말을 꺼낸다.

"올해는 힘들지 않겠소? 애들도 다 바쁜 것 같고….""

"그렇네요. 당신과 나, 나미 이렇게 셋이 가기도 그렇고…. 하지

만 나미가 많이 서운할 텐데…."

엄마가 내 맘을 알아 주는 게 너무 고마웠다.

"그럼 애들하고 한번 의논해 봅시다."

아빠는 이 말만 남기고 자리에서 일어나 가게로 내려간다.

"오빠들 하고 상의해서 시간을 맞춰 볼 테니 걱정 마라."

걱정 말라고 하는 엄마의 말과 달리 말투는 휴가는 힘들지 않겠
냐는 듯한 느낌을 풍긴다.

일요일 저녁.

식탁에 큰오빠만 빼고 모두 둘러 앉아 있다.

엄마가 먼저 작은오빠를 보면서 말한다.

"그래, 네 생각은 어떠냐?"

"저는 힘들 것 같아요. 내일부터 2주 동안 친구들과 휴가 다녀
오면 공부도 해야 하고 시간도 더 내기 힘들 것 같아요. 저는 신
경 쓰지 마시고 다녀오세요."

"그래, 알았다."

엄마는 작은오빠 말이 끝나자 당연히 그리 될 줄 알았다는 식으
로 대꾸한다. 그리고 아무 말도 하지 않고 식사만 하신다.

아빠도 작은오빠를 슬쩍 한번 쳐다보았을 뿐 더 이상 관심 없다
는 듯 식사하신다.

응?

이게 다야?

나는 너무 황당했다.

올 여름휴가는 이걸로 끝난 건가?

나는 울상을 지으며 혼잣말로 중얼거렸다.

"이걸로 끝이야? 그럼 올해는 아무데도 못 가는 거야?"

아빠가 나를 한번 쳐다 보더니 엄마를 바라본다. 그러자 엄마는 젓가락을 꼿꼿이 세우면서 흘리듯 말씀하신다.

"이따 큰오빠 들어오면 무슨 말이 있을 거다. 기다려 봐라."

엄마의 말에 나는 무언가 아직 희망이 있다는 예감이 들었다.

"그럼, 작은오빠 빼고 가는 거예요?"

"큰오빠에게 생각이 있다니까 신경 쓰지 말고 우선 밥부터 먹어라."

엄마 말은 큰오빠가 휴가 계획을 세우고 있으니 걱정 말라는 뜻이다.

휴~! 다행이다.

그 동안 엄마는 아빠와 집안의 대소사를 상의하였다. 그러던 엄마가, 큰오빠가 대학에 들어가자 집안일을 큰오빠하고도 상의하였고, 아빠도 될 수 있으면 큰오빠의 의견을 귀담아 들어주셨다.

아빠가 어떤 일을 결정하실 때는,

"네 생각은 어떠냐?"

하며 최종 결정에 대한 생각을 큰오빠에게 물어보면, 큰오빠는,

"아버지 결정대로 하세요."

하고 말한다.

내가 보기에는 아빠도, 오빠도 이상하다.

큰오빠는 자기 생각 다 얘기하며 이런 식으로 하면 좋겠다고 의견까지 낸다. 그리고 아빠 엄마와 상의하며 결론까지 다 이끌어 낸다. 이렇게 결정된 사항을 아빠가 다시 한번 얘기하며 확인하면, 큰오빠는 아빠 생각대로 하란다.

아! 정말 이해 안 되는 큰오빠의 처세술.

나 같으면,

"그럼 내 생각대로 하시는 거예요?"

하고 아빠에게 말할 텐데…….

아무튼 큰오빠가 어떤 계획을 갖고 있는 게 틀림 없다.

다음날 아침, 엄마가 밥 먹으라고 흔들어 깨운다. 일어나 보니 작은오빠는 첫 기차를 탄다고 아침 일찍 나갔고 큰오빠도 학교에 가고 없었다.

거울을 보니 머리카락은 뻗쳐 있고 얼굴은 잔뜩 부어 있다.

어젯밤에 먹은 라면 때문이다! 공부한답시고 책상에 앉았다가

입이 심심해서 생각해 낸 간식거리 라면.

  라면 한 봉지를 가져다가 봉지를 뜯지도 않고 방바닥에 놓고 발로 서너 번 밟는다. 그리고 봉지 위를 가위로 잘라 낸 후 수프를 꺼내어 적당량 봉지 안에 넣는다. 그리고는 봉지 입구를 모아서 손으로 단단히 움켜쥐고 다른 한 손으로 봉지 밑을 받친다.

  마지막으로 라면과 수프가 골고루 잘 섞이도록 무자비하게 흔들어 준다.

  이것으로 나미표 라면땅 '부셔부셔'가 완성된다. 이 부셔부셔의 비법은 수프의 양이다. 조금 더 넣으면 짜고, 덜 넣으면 싱거워서 맛이 안 난다. 간이 잘 맞으면 그야말로 환상이다. 수프의 짠맛이 라면과 어우러지면 수프의 짠맛이 단맛으로 변한다.

어제 저녁에 만든 부셔부셔는 정말 그 동안의 노력에 대한 완성품처럼 맛있었다. 결국 라면 한 봉을 다 부셔먹고 다시 한 개를 가져다가 반쪽을 더 먹었다.

끓인 라면으로 치면 엄청난 양인데 정말 많이도 먹었다. 얼굴이 이 정도로 붓다가 끝난 것도 다행이라는 생각이 든다.

방바닥에 널브러져 있는 빈 라면 봉지를 들고 주방으로 갔다.

"안녕히 주무셨어요?"

인사를 하며 비닐만 모아놓은 곳에 라면 봉지를 넣고 식탁에 앉았다. 밥 생각이 별로 없어 빈 그릇을 가져다가 밥을 반 덜어냈다. 어제 저녁에 라면을 그렇게 먹었으니 당연한 것 같다.

밥을 한 숟가락 떠서 입에 물고 젓가락으로 김치를 집어 입에 넣는데 엄마가 나를 보며 말을 건넨다.

"나미야."

"……?"

"큰오빠가 춘천으로 휴가 가자고 하더라."

"춘천?"

"그래! 작은오빠는 빼고 우리 식구랑 동현이, 교수님, 그리고 같이 일하는 오빠 친구들과 함께 가기로 했다."

"정말? 그럼 우리 놀러 가는 거예요?"

"큰오빠가 너 생각해서 그리 하자고 하더라. 마침 교수님도 너무 일만 하는 것 보다 2-3일 쉬다 오는 것도 좋다고 하시고…."

엄마는 큰오빠가 계획을 세웠다는 것을 강조라도 하듯 큰오빠라는 말에 힘을 준다.

"그런데 동현이는 누구예요? 그리고 큰오빠 학교 교수님도 같이 가는 거예요?"

"응, 교수님과 같이 가기로 했다. 근데 동현이 몰라? 큰오빠 친구, 지금 같이 지내잖니!"

이런! 일주일이 지나도록 얼굴도 한 번 보지 못하다니! 그 오빠 이름이 동현이었구나!

사실 한집에 있다는 사실도 잊어 버리고 있었다.

"그럼 우리 식구랑 큰오빠 친구랑 교수님이랑 다같이 가는 건가요?"

내 목소리는 점점 커지며 들뜨고 있었다.

"그래."

"춘천에?"

"그래."

"어떻게 춘천으로 가기로 한 거야? 수연이가 춘천에 있는 외가댁에 간다고 할 때 나도 그곳에 한 번 가보고 싶었는데."

"그래? 그럼 잘됐구나. 네가 가고 싶은 곳에 가게 돼서…."

엄마는 춘천으로 정한 이유는 설명하지 않고 엉뚱한 말만 한다.

"큰오빠가 나 춘천에 가고 싶은 걸 어떻게 알았지?"

"네 맘을 알고 한 건 아니야. 동현이가 춘천에 있는 자기집 근처에 좋은 곳이 많다고 해서 겸사겸사 교수님하고 다 같이 그리로 정한 모양이더라.”

엄마는 내가 물어본 말에 의무적으로 대답하듯 말의 높낮이가 없다. 엄마를 조금이라도 부드럽고 상냥하게 만들 방법은 없나?

“모레 갔다가 일요일에 올 거니까 미리 준비해라.”

엄마는 정말 무뚝뚝하다는 생각을 하고 있을 그때, 딱딱하게 말을 꺼내는 아빠 말을 들으면서 부부는 서로 닮아간다고 하시던 할머니 말씀이 생각났다.

나는 남은 밥을 부랴부랴 먹고 방으로 들어가 가져갈 준비물을 적었다.

슬리퍼, 디지털 카메라, 카메라 방수 팩, 선글라스, 챙이 넓은 모자, 수영복, 물안경, 튜브, 속옷 많이, 수건, 목욕 타올, 때 타올, 긴 팔 옷, 긴 바지, 반바지, 양말, 나시, 원피스, 머리띠, 자외선 차단제, 비누, 샴푸, 린스, 물 티슈, 화장지, 해열진통제, 멀미약, 피부연고, 소화제, 1회용 반창고, 모기향, 바르는 모기약, 비닐 지퍼 백, 우산, 모기장, 로션, 보온병, 지도책, 지역 여행 안내서, 아이스 박스……… etc.

사진 찍을 때 교복사진도 있어야겠지?

교복도 챙기고…

헉--!!

너무 많다!!

음식솜씨 좋은
예쁜 여시

드디어 출발--!

큰오빠는 친구들과 기차로 먼저 출발했고, 아빠와 엄마 그리고
나는 교수님 차를 타고 함께 가기로 하였다.

아침 9시에 교수님이 집 앞으로 온다고 했는데 벌써 시간이 다 되어간다.

어제 저녁에 너무 설레어 잠을 설치다가 늦게 잠든 탓인지 8시가 훨씬 넘어서야 일어났다. 그래도 가져 갈 것은 미리 다 챙겨 놓았기 때문에 씻고 옷만 갈아 입으면 된다.

아빠는 짐이 하나도 들어 있지 않아 보이는 백팩을 메고 계셨고, 엄마도 옷가지 몇 개만 넣은 백팩을 메고 계셨다. 나는 꼼꼼히 챙긴 준비물을 모두 넣다 보니 여행용 가방 한 개에 다 안 들어가서 나머지는 슈퍼에서 종이 박스를 얻어다가 그 안에 넣고 끈으로 묶은 것을 챙겨 들었다.

교수님 차는 12시도 안 되어 동현오빠 집에 도착했다. 큰오빠와 친구들은 벌써 도착해서 식사 준비를 하고 있었다. 나는 차에서 내려 큰오빠에게 뛰어갔다. 큰오빠 주위에는 큰오빠 또래의 남자 한 명과 여자 둘이 있었다.

"큰오빠~~!"

"어, 그래. 나미야! 오빠 친구들한테 인사해라!"

웬일로 큰오빠가 활짝 웃으며 나를 반겨준다.

"안녕하세요!"

"안녕? 난 박가림이야!"

한 언니가 웃으면서 인사한다.

"안녕! 너무 귀엽다~. 난 미수야, 오미수! 그냥 언니라고 불러."

또 다른 언니가 나를 보며 유난히 반기는 얼굴을 한다.

세련돼 보이는 데다가 나보다 예뻐 보인다. 그리고 무엇보다 아가씨 티가 팍팍 난다.

그런데 누가 이름 물어 봤나?

아~. 괜히 짜증난다.

"나미야, 안녕? 그러고 보니 우리 한집에 있으면서도 얼굴 보는 건 오늘이 처음이네! 반갑다."

동현오빠인가 보다. 나는 고개를 약간 숙이며 인사를 대신하고는 '오미수' 라고 자기를 소개한 언니를 한번 째려보고 곧장 차로 가서 짐을 내렸다.

동현오빠 집은 일층으로 된 큰 집이 있고, 마당을 사이에 두고 반대편에 방이 두 개 달린 조그만 집이 하나 더 있었다.

그 조그만 집의 오른쪽에 있는 문을 열고 큰오빠가 들어간다.

"아버지. 어머니하고 나미와 이 방을 쓰세요."

큰오빠는 짐을 내려 놓더니 방을 한번 둘러보고는 마당으로 나간다.

방에 들어가자 흙 냄새 비슷한 냄새가 난다.

아--! 이런 게 시골 냄새구나!

방의 한쪽 벽면에 선반이 있고, 그 선반 위에는 드라마에서 본 듯한 오래된 물건들이 올려져 있었다.

그리고 방 한 쪽에 전에 할머니가 쓰시던 것과 같은 두꺼운 솜 이불이 놓여 있었다. 나는 반가워서 이불과 베개를 만져 보았다.

이 한여름에 두꺼운 솜이불을 덮고 자라는 건가?

그때 밖에서 사람들을 부르는 소리가 들렸다. 밖으로 나와보니 식사준비가 다 되어 있었다. 김치찌개와 각종 나물 무침이 대청마루 위 밥상에 차려져 있었다.

내가 좋아하는 김치찌개다. 두부도 얼마나 넣었는지 김치 반, 두부 반이다. 김치찌개에 들어있는 두부를 내가 얼마나 좋아하는데, 이렇게 많다니. 게다가 정말 맛있다.

엄마가 끓인 것 보다 훨씬 더.

김치찌개를 떠먹으며 큰오빠에게 물어 보았다.

"이거 누가 끓였어?"

"김치찌개?"

"응."

"내가 끓였는데. 왜? 맛있지!"

헉! 미수언니다. 처음부터 너무 반기는 게 이상하더니 지금도 내 옆에 앉아서 활짝 웃으면서 얼굴을 내 코 앞에 바짝 들이댄다.

뭐야! 이 언니.

수상하다.

무언가 나한테 노리고 있는 게 틀림없어!

언젠가 선생님께서 말씀하셨지. 처음 보는 사람이 너무 반갑게 웃으면서 접근하면 수상한 사람이니 조심하라고. 아무튼 이 언니 경계대상 1호다. 그리고 목적을 밝혀내야 한다.

식사를 마치고 혼자 동네를 한 바퀴 돌았다. 어디서나 볼 수 있는 평범한 마을이었으나 마치 오래 전부터 알고 있던 고향에 온 듯한 기분 좋고 익숙한 향수가 느껴졌다.

맑은 공기.

청량한 소리들.

푸른 하늘.

답답한 가슴이 뻥! 하고 뚫리는 이 느낌.

그냥 좋다.

저녁식사는 다 같이 집에서 조금 떨어져 있는 개울가에서 하기로 하였다.

아빠, 엄마와 함께 개울가에 가보니 오빠와 언니들이 벌써 밥도하고 고기 구울 준비도 다 해 두었다. 쌈 채소도 엄청 준비했다. 배추, 상추, 깻잎, 쑥갓, 치커리, 다채, 겨자잎까지 무려 7가지나 된다. 쌈장에 고추, 마늘, 오이, 동치미도 있고, 김치는 아예 포기김치를 통으로 접시에 담아 올려 놓았다.

이건 누군가 의도적으로 나를 위해서 마련한 자리 같다는 생각이 든다.

　할아버지와 할머니가 워낙 쌈을 좋아하셔서 두 분이 계실 때 우리집에서는 거의 매일이다 싶을 정도로 쌈 채소가 밥상 위에 올라왔다. 물론 우리 엄마도 두 분 만큼 쌈을 좋아하셨다.

　나는 어릴 때부터 할머니가 싸주시는 쌈을 먹으며 '이건 뭐예요?' 하며 열심히 물어본 덕에 쌈 채소 종류와 맛에 대해 알고 있었다.

　"이쪽으로 오세요."

　동현오빠가 한쪽 바닥에 깔려 있는 돗자리를 가리키며 아빠, 엄마를 쳐다본다.

　"그냥 다같이 둘러 서서 먹는 게 어떻습니까?"

　교수님이 접이식 테이블을 불판 옆으로 당기며 제안한다. 다들 좋다며 고기판과 테이블 주위에 빙 둘러선다. 나는 교수님 옆에 서서 언니 오빠들이 구워주는 삼겹살을 집어 쌈을 싸서 먹었다. 삼겹살은 숯 향기가 나면서 부드러웠다. 특히 쌈장은 어떻게 만들었는지 쌈과 너무 잘 어울렸다.

　"쌈장 어떻게 만든 거예요? 진짜 맛있어요."

　나는 입안 가득 쌈을 씹으면서 쌈장이 맛있다는 생각을 하다가 무심코 말했다.

　"진짜 그렇게 맛있어? 내가 한 거야."

　오빠들 옆에서 고기 굽던 미수 언니가 내 옆으로 오면서 큰소리로 말한다. 나는 바로 후회했다. 그 뿐만이 아니다.

"내가 비법을 가르쳐 줄게. 너만 알고 있어!"

나에게 쌈장 만드는 법까지 설명한다. 물론 그 자리에 있던 사람들은 모두 들었다.

너만 알고 있으라니? 무슨 말인지 모르겠다! 다들 듣고 있는데.

멍청하게…. 바보 아냐?

"먼저 재료는 다진 파, 다진 마늘, 참기름, 고춧가루, 멸치액젓을 1스푼씩 같은 양으로 넣고, 된장하고 고추장도 십대 일 비율로 넣고 잘 섞어주면 돼. 알았지? 간단하지? 잘 모르겠으면 내일 낮에 물어 봐. 다시 잘 적어 줄게."

아~. 짜증난다. 누가 물어 봤냐고-!

근데 뭐? 파, 마늘, 참기름, 된장, 고추장?? 또 뭐지? 무언가 있었는데? 아! 멸치! 잊어버리기 전에 적어 두어야지.

"미수학생. 내일 쌈장 만드는 방법 좀 자세히 적어서 줄 수 있어?"

엄마가 미수언니에게 부탁한다. 휴~. 다행이다.

"알았어요, 어머니! 저 간장쌈장도 맛있게 잘하는데 같이 적어 드릴게요!"

눈을 반짝이며 오히려 고맙다는 말투로 대답한다.

"고맙구나. 낮에 김치찌개도 맛있더니 음식 솜씨가 보통이 아니네?"

"고맙습니다, 어머니!"

엄마가 미수 언니에게 편하게 말한다. 낮에만 해도 엄마가 말을 놓지 않은 것 같았는데…. 그리고 저 여시. 말끝마다 어머니란다.

윽-! 속이 이상하다.

식사가 끝나가자 미수언니가 수박을 잘라 가지고 와서 테이블 위에 놓는다.

"드세요."

미수언니가 수박 한 조각을 집어 아빠에게 내민다.

"고맙다."

아빠가 웃으며 받는다. 미수언니는 엄마에게도 수박을 건네려다가 엄마가 수박조각을 집어 드는 것을 본다.

"나미야. 수박 먹어."

나를 보며 생긋 웃더니 들고 있던 수박을 나에게 내미는 미수언니.

여시다. 무언가를 노리는 여시.

다들 가만히 있는데, 더구나 교수님도 계신데 굳이 아빠에게 먼저 수박을 건네다니. 그것도 생글생글 웃으면서.

나뿐만이 아니라 아빠에게도 목적이 있다. 나중에 아빠에게 저 언니 조심하라고 귀띔해 주어야겠다.

식사를 마치고 하늘을 올려다 보았다.

서산너머로 해가 지며 봉우리 저쪽에서 산 노을이 붉게 물들고

있다.

너무 아름답다. 배도 부르고…!

달그락거리는 소리에 돌아보니 엄마와 언니들은 어두워지기 전에 치우자며 분주하게 움직이고 있다. 그리고 교수님과 아빠, 오빠들은 모닥불을 피우느라 바쁘게 움직이고 있다.

나도 엄마 옆으로 가서 그릇을 몇 개 들고 주방으로 들어가 싱크대 안에 그릇들을 넣었다. 싱크대 앞에서는 미수언니가 먼저 와서 설거지를 하고 있었다.

"아유~. 우리 나미 착하네."

미수언니는 나를 보자 생긋 하고 웃으며 친한 척한다.

헉! 누가 '우리'라는 거야?

아무 이유 없이 보내는 저 웃음. 예쁜 언니가 나를 보고 자꾸 웃으니까, 괜히 의심하는 게 아닌가 하고 미안한 마음이 든다.

아니야!

정신을 차려야 해.

저건 여시의 웃음이야.

조심해야 해!

개울가로 돌아오자 모닥불은 벌써 훨훨 타고 있었다. 동현오빠가 음료수 캔을 하나 따서 마시라며 건넨다.

그러고 보니 동현오빠는 하얀 피부에 여자처럼 곱상한 우리 오

빠와는 다르게 얼굴과 팔다리가 구리 빛으로 탄 모습이 남자답고 믿음직스럽다. 그리고 웃을 때 보이는 하얀 이가 얼굴색과 대조되어 웃는 모습이 더 밝게 느껴진다.

"자, 여기 둘러앉읍시다."

교수님은 큰 돌들을 들어다가 모닥불 주위에 놓으며 말씀하셨다. 나는 다른 사람들이 앉는 것을 지켜보다 동현오빠가 앉는 것을 보고 그 옆에 가서 앉았다.

"여기 음료수와 술이 왔습니다."

아빠가 술과 음료수가 들어 있는 박스를 가지고 오셨다.

"자! 그럼 우리 함께 건배합시다."

아빠가 자리에 앉자 교수님이 일어나며 건배를 제안했다.

"같이 합시다."

소리가 나는 쪽으로 고개를 돌려보니 길가에서 불빛이 일렁이더니 금세 가까워진다. 동현오빠 부모님이었다.

"안녕하십니까? 손님을 모셔놓고 제가 너무 늦었습니다."

"아, 아닙니다! 어서 오세요. 반갑습니다."

교수님이 반갑게 맞이하자 아빠와 엄마도 인사를 한다. 오빠, 언니들도 자리를 만들면서 인사를 한다. 두 분이 자리를 잡는 것을 보고 나도 인사를 하였다.

"안녕하세요. 춘성오빠 동생 윤나미입니다."

내가 인사하자 아저씨가 반갑게 받는다.

"그래, 반갑구나!"

"네가 나미구나! 어쩜 이름보다 얼굴이 더 예쁘네! 정말 반갑다."

아주머니가 내가 예쁘다고 한다. 내가 진짜 예뻐서 하신 말씀이 아니라는 건 알지만 기분이 좋다.

모닥불의 타오르는 불씨들이 점점이 위로 올라가며 사라지곤 하는 모습이 마치 작은 불꽃놀이를 보는 듯하다. 아른거리는 불빛 사이로 보이는 사람들의 모습이 무척 즐겁고 행복해 보인다.

잠시 후 엄마와 아주머니는 먼저 일어나고, 교수님과 아빠와 아저씨 세 분은 돗자리 위에 둘러앉아 이야기를 나누며 술잔을 기울인다.

오빠와 언니들은 모닥불 주위에 둘러 앉아 마냥 즐거운 듯이 깔깔거리며 이야기하느라 정신 없고, 나는 혼자 외톨이가 된 기분이 들었다.

이럴 줄 알았으면 수연에게 연락해서 오라고 할 걸 그랬나?

하지만 지금은 어쩔 수 없잖아. 내일은 꼭 불러야겠다.

"김동현!"

"예."

교수님이 갑자기 동현오빠를 불렀다.

"노래 한 곡 불러봐라!"

"예, 교수님"

동현오빠가 대답하며 한쪽에 세워 놓았던 통기타를 가지고 와서 줄을 맞추더니 노래를 부르기 시작한다.

♬♪ 모닥불 피워 놓고 마주 앉아서
우리들의 이야기는 끝이 없어라
인생은 연기 속에 재를 남기고
말없이 사라지는 모닥불 같은 것
타다가 꺼지는 그 순간까지
우리들의 이야기는 끝이 없어라 ♬♪

멋있다.

동현오빠가 너무 멋있다. 기타 소리와 어우러지는 오빠의 목소리가 은은하게 나를 흔드는 것 같다. 아니 실제로 내 몸은 좌우로 흔들리고 있었다.

잉?

옆을 보니 미수언니가 내 손을 잡고 기타 리듬에 맞추어 같이 흔들고 있었다. 나는 손을 뿌리칠 생각도 하지 않고 손을 더욱 꼭 쥐었다.

미수언니가 손을 잡지 않았으면 내가 먼저 잡고 리듬에 맞추어 흔들었을 것이다.

늦은 밤까지 나는 동현오빠 옆에 앉아 노래를 따라 부르기도 하고 다른 노래를 불러 달라고 조르기도 했다.

오빠는 싫은 내색 한 번 하지 않고 나를 위해 기타를 치며 노래를 불러 주었다.

다음날 아침.

어제 늦게 잤는데도 누가 깨우기도 전에 아침에 해가 뜨자 바로 일어났다. 옆을 보니 아빠는 아직 주무시고 계신다. 마당에 나와 보니 오빠와 언니들이 수돗가에서 세수를 하고 있다.

"잘 잤니?"

미수언니가 나를 보자 생긋 미소로 반긴다.

허걱!

어젯밤 일이 생각난다.

동현오빠 노래를 듣다가 졸려서 하품을 하자 미수언니가 내 팔을 당겼다. 그리고 내 어깨를 감싸 안고 나를 바라보며 말을 건넸다.

"졸리지?"

다정하게 말하며 나를 바라보던 미수언니의 눈을 보고 그만 나도 모르게 말이 잘못 나왔다.

"예쁜 언니, 고마워~."

아ㅡㅡ. 어제 저녁 여시에게 홀려서 나도 모르게 그만 경계를 풀어 버렸다. 당했다는 생각이 들면서 억울했다. 나는 수돗가를 향해 고개만 까닥 하고는 마당을 가로질러 주방으로 뛰어갔다. 주방에는 엄마와 아주머니가 식사준비를 하고 있었다.

"안녕히 주무셨어요?"

"응, 그래 잘 잤니? 춥지는 않았어?"

그리고 보니 새벽에 추워서 이불을 가져다 덮은 기억이 난다. 이 한여름에 담요도 아니고 웬 솜이불을 갖다 놓았나 하고 생각했던 나는, 도시하고 틀려서 이곳은 해가 지면 추워진다는 사실을 알았다.

두꺼운 이불을 갖다 놓았다고 잠시나마 불평하는 마음을 가졌던 일이 생각나며 조금 미안해졌다.

"잘 잤어요, 아줌마! 뭐 도와 드릴 일 없어요?"

미안한 마음에 나는 도와줄 일을 찾았다.

"고맙지만 없구나. 밥 먹게 얼른 가서 씻으렴."

아주머니는 나를 보고 귀엽다는 표정으로 웃으며 말한다.

"예. 알겠습니다."

대답을 하며 나는 도끼눈의 우리 엄마도 저렇게 상냥하게 말하면 좋을 텐데 하고 생각했다.

달콤한 장작밥

오후 3시가 조금 넘어가자 수연이가 삼촌과 함께 도착했다.

수연이 삼촌은 어른들과 인사를 나눈 후, 오빠들에게 일요일 오전 중에 데리러 올 테니 잘 부탁한다며 돌아갔다.

그리고 수연이는 비어 있던 옆방에 짐을 풀었다.

나는 너무 반가웠다.

학교나 집에서만 보다가 이렇게 멀리 나와서 만나니 새삼 이곳까지 찾아와 준 친구에게 고맙다는 생각이 든다.

"수연아! 고마워, 와줘서!"

나는 진심으로 말했다.

"무슨 말이야! 네 전화 받고 얼마나 반가웠는데. 할머니 댁에 와서 하루 종일 집에만 있었어. 사촌오빠, 언니들은 내가 어리다고 상대도 안 해주고, 아는 친구도 없고, 정말 심심했었어."

수연이는 정말 답답했다는 몸짓까지 해가며 말을 한다. 어제 저녁에, 잠시지만 나와 대화할 사람이 없을 때 느꼈던 그 마음이 수연에게서 진하게 느껴진다.

"그러니까 나 없이 어디 다니면 안 된다니까!"

장난하듯 말하는 내 목소리에는 안타까움이 배어 있었다.

"그러게."

"이런 데서 보니까 너무너무 반갑다."

"나도, 나도!"

"아, 참! 그날은 미안했어."

"응?"

"방학하던 날-!"

"방학하던 날?"

"너 시험 말이야! 망쳤지? 시험 망쳤는데 영희랑 내가 웃고 있으니까 화가 나서 먼저 간 거잖아! 아니야?"

"………!"

내가 말을 안하고 가만히 있자 수연이가 미안한 표정을 지으며 계속 말을 잇는다.

"영희는 반에서 7등 했고 나는 5등 했어. 영희는 조금 올랐다고 좋아한 거고, 나는 정말 시험공부 안 했는데 성적이 별로 안 떨어져서 다행이라고 생각하며 좋아한 거야."

말을 듣다 보니 그냥 기분이 나빠지려고 한다.

"그럼! 너는 시험공부 하나도 안 했는데 반에서 5등이나 하고, 열심히 공부했는데도 33등 한 난 완전 바보라는 말이네?"

"나미야! 그런 말이 아니잖아! 그런데 진짜 33등 했어?"

헉!

등수는 말하지 않으려고 했는데 나도 모르게 입에서 나와 버리고 말았다. 나는 아무 말도 못하고 고개만 끄덕였다.

"미안해. 많이 속상했겠다."

수연이는 나를 잠시 보더니 미안한 표정을 지으며 위로한다.

수연이의 진심이 느껴졌다.

"이제 괜찮으니까 신경 쓰지 마."

나는 성적에 대한 일은 다 잊어버려 관심도 없다는 듯 화제를 돌렸다.

"어제 저녁에 동현오빠가 노래 불러 주었는데, 캄캄한 밤에 모닥불 주변으로 퍼지던 그 노래 소리! 너무 황홀했어. 나 동현오빠가 좋아질 것 같아⋯."

"그래? 까무잡잡하게 탄 피부가 남자답게 보이기는 하지만 노래를 잘 부를 것 같지는 않던데?"

큰오빠처럼 곱상한 남자를 좋아하는 수연이는 남자다운 동현오빠가 뭘 하든 관심 없다는 듯이 툭 내뱉는다.

약간 기분이 상한 나는 오빠 얘기는 더 이상 하고 싶지 않아 방으로 들어가 카메라를 들고 나왔다. 그리고 마당에서 수연이와 어깨동무를 하고 찍기도 하고, 가족사진도 찍고, 오빠, 언니들 하고도 찍었다.

마당에서 한바탕 사진 찍기가 끝나자 나는 방에 들어가 가지고

온 교복으로 갈아입고 마당에 다시 나왔다.

"자! 이제 교복 패션으로 다시 촬영해 볼까?"

사진을 다시 찍어야 한다며 집안에 있는 식구들을 다시 불렀다.

"금방 찍었는데 또 무슨 사진?"

모두들 귀찮다는 듯이 반응이 전혀 없었다.

내가 방마다 돌아다니며 또 다시 졸라댔지만 아무도 방에서 나오려고 하지 않았다. 그때 교수님께서 구세주가 되어 주셨다.

"이것도 다 추억인데 많이 찍어두면 좋죠. 그런데 배경이 같으면 지루하니까, 요 앞 개울가에 나가 물에 발도 담그고 사진도 찍는 것은 어때요?"

교수님 말에 모두 고개를 끄덕인다.

"좋아요, 교수님!"

나는 밝게 대답하며 동현오빠 손을 잡고 개울가로 가자며 끌어당겼다.

"그럼 조금 이르기는 하지만 식사 준비를 할 테니 개울가에서 식사하시죠."

엄마의 말에 지루하던 표정들이 조금씩 풀어진 듯하다.

"교수님하고 먼저 가서 사진 찍고 있어. 준비해서 갈 테니."

큰오빠가 말하며 동현오빠를 놔두고 혼자 가라고 나에게 손짓을 한다.

나는 수연이, 교수님과 함께 먼저 개울가로 나와 사진을 몇 장

찍고는 물장난을 치며 놀았다. 우리의 옷이 몽땅 물에 젖어갈 무렵 아빠와 아저씨는 오빠들과 함께 그늘막과 솥을 들고 왔다.

오빠들은 사각으로 된 넓고 파란 그늘막에 뽈대를 세워 개울가 평평한 곳에 쳤다. 동현오빠가 가방에서 다시 그늘막 하나를 더 꺼내더니 앞에 친 그늘막 옆 바닥에 넓게 편다.

"하나는 물 위에다 치면 안될까?"

수연이가 땅바닥에 있는 그늘막을 바라보며 나에게 들으라는 듯 혼잣말을 했다.

"그게 좋겠다!"

나는 수연이 말을 듣는 순간 맞장구를 쳤다. 그리고 개울을 손가락으로 가리키며 소리쳤다.

"큰오빠!"

"왜?"

"그늘막 하나는 개울에 쳐줘!"

한쪽에서 돌을 쌓아 놓고 그 위에 솥단지를 올리고 계시던 아빠와 아저씨도,

"우리 예쁜 아가씨들 말을 들어야지!"

라며 우리 편을 들어주셨다.

큰오빠와 동현오빠는 그늘막 양쪽 끝을 잡고 먼저 쳐둔 그늘막에 잘 맞추어 뽈대를 세워 놓았다.

"너희들은 이걸 잡고 나를 따라와라."

동현오빠가 활짝 웃으며 그늘막 모서리의 한쪽을 우리에게 건네준다.

활짝 웃는 오빠의 모습이 너무너무너무----멋있다!!

"나미야! 뭐해?"

수연이가 나를 툭 치며 말한다.

"응? 으응!"

이런!

오빠는 벌써 저만치 앞서서 성큼성큼 물속으로 들어가고 있다.

어쩜! 씩씩해 보이는 뒷모습도 멋있다!!

오빠들의 수고로 완성된 그늘막은 환상이었다. 교수님은 그 사이 개울에다가 돌을 괴어 놓고 그 위에 접이식 테이블을 다리를 접어 올려 놓았다. 금상첨화였다. 그리고 그 주위에 앉을만한 돌을 몇 개 가져다가 적당한 간격으로 놓았다.

교수님은 개울에 친 그늘막 밑에 마련한 테이블과 의자를 흐뭇하게 바라보시며 수연이와 나를 부르셨다.

"이리 와서 앉아 봐라."

물 속에 발을 담그고 돌

위에 앉자 무척 기분이 좋았다.

"어제도 그렇고 오늘도 이렇게 멋진 의자를 만드시는 걸 보니 돌 의자 만드는 법을 가르치는 교수님이신가 봐요?"

장난기 어린 내 말에 교수님이 크게 웃으며 유쾌하게 받아 주신다.

"하하하하 ! 그래, 맞다. 나는 돌 의자를 연구하는 교수다."

나와 수연이는 다시 카메라를 들고 사진을 찍기 시작했다. 솥단지를 배경으로 사진을 찍으려던 수연이가 아빠를 쳐다보며 궁금하다는 표정을 지으며 손가락으로 솥 뚜껑을 가리킨다.

"잠깐 열어 봐도 돼요?"

"그래. 뜨거우니 조심하거라."

아빠가 인자하게 웃으며 대답하셨다. 수연이가 뚜껑을 열었다. 안을 들여다보니 한군데는 까만 콩이 들어가 있는 밥이, 또 다른 솥에는 어제 구워먹다 남은 삼겹살을 몽땅 넣어 만든 김치찌개가 한 솥 가득 끓고 있었다.

물론 내가 좋아하는 두부도 잔뜩 들어가 있다.

"와~. 맛있겠다!"

김치찌개가 끓고 있는 솥 뚜껑을 열자마자 맛있는 냄새가 코끝을 자극하였고 수연이와 나는 동시에 탄성을 질렀다.

"잠시만 기다려라, 다 됐으니까! 엄마 오시면 같이 먹자."

땡볕 아래서 웃통을 다 벗어 던지고 불을 피우느라고 여념이 없던 아저씨의 목소리에 김치찌개에 대한 자부심이 묻어 나왔다.

"장작밥은 불 맛입니다. 불 조절을 잘 해야 맛있는 밥이 만들어지죠."

"그럼요. 아-, 잠깐만요."

아저씨가 어른 주먹만한 돌을 물로 씻어 가지고 오더니 밥을 짓고 있는 솥단지 뚜껑 위에 올려 놓는다.

"이렇게 눌러 놓아야 밥맛이 더 좋답니다."

"맞습니다. 제가 잊어버리고 있었네요."

아저씨가 코끝으로 밥 냄새를 맡으며 기분 좋은 미소를 짓는다.

"밥 냄새가 너무 좋은데요?"

교수님이 옆에서 참기 힘들다는 듯한 표정으로 말한다.

"장작밥 먹을 생각하니 너무 좋네요. 거기다 김치찌개까지 정말 기대가 큽니다."

"크게 기대하셔도 좋습니다. 하하하--."

"하하하--!!"

아빠가 교수님의 말에 대꾸하며 크게 웃자 교수님과 아저씨도

따라서 크게 웃는다.

전기나 가스 불 대신 단지 장작으로 불을 피웠다고 밥맛이 달라지나? 야외에 나와 직접 불을 피우며 밥을 하는 재미겠지!

내가 의아해 하고 있는데,

"와-! 분위기는 진짜 맛있어 보인다."

라며 옆에 있는 수연이가 즐거운 목소리로 말한다.

"나미야--!"

길 쪽에서 부르는 소리가 들렸다. 돌아보니 오빠들이 언제 집에 다녀오는지 손에 무언가 잔뜩 들고 부르고 있었다. 수연이와 뛰어가 보니 수박과 참외, 거기에다 반찬, 그릇까지 들고 있었다.

"이거 들고 가서 개울물 속에 담가 놔."

"물에 떠내려가지 않게 돌로 막아 놓고."

오빠들이 번갈아 가며 말을 한다.

우리는 수박과 참외를 하나씩 나눠 들고 오빠들 말대로 개울에 있는 테이블 옆 부분을 돌로 물을 막아 놓고 그 안에 수박과 참외를 넣었다.

그 사이에 엄마와 아주머니 그리고 언니들도 도착해서 돗자리 위에 앉는다.

아주머니가 부채를 부치며 다들 들으라는 듯 큰소리로 말한다.

"이런 날은 남자들이 다~ 하는 게 맞죠?"

"당연하죠!"

엄마가 맞장구를 치자 옆에 있던 미수언니가 거든다.

"어머니, 두말하면 잔소리죠. 호호."

한마디씩 하고는 모두 크게 웃는다. 그러자 아빠와 아저씨가 요즘 유행하는 사극 드라마를 코믹하게 흉내 낸다.

"예! 마마님들--! 푹 쉬고 계십시오!"

우리는 모두 배꼽이 빠질 정도로 정신 없이 웃었다.

"와! 좋네--."

"진짜 시원하다--!"

언니들이 신발을 벗고 개울에 있는 테이블 주위에 앉으며 좋아한다.

미수언니가 엄마를 부른다.

"어머니, 이쪽으로 와 보세요! 너무 좋아요."

"수연아! 우리 사진 찍자."

가림언니가 카메라를 들고 있는 수연이를 보고 손짓한다.

사진을 찍는 사이에 식사 준비가 다 되었다.

장작으로 지은 밥을 한입 먹어본 나는, 내 생각이 틀렸다는 것을 알았다.

불이 달라지니까 맛도 달라진다.

정말 맛있었다. 고소하기도 하고 장작이 탈 때 나던 냄새가 나는 것 같기도 했다.

아빠와 아저씨 그리고 교수님까지 다들 왜 그렇게 밥을 하면서 아이들처럼 좋아하며 기대를 했는지 알 수 있었다.

김치찌개도 평소에 먹던 맛과 달랐다. 장작밥에서 나던 좋은 향기가 섞여 있었다.

"어제 끓인 김치찌개보다 맛있네!"

나는 미수언니가 끓인 것보다 맛있다는 생각이 들어 말했다.

"이것도 미수언니가 한 거야! 그런데 장작으로 끓이니까 역시 맛이 더 좋네요."

엄마가 말하면서 아저씨를 쳐다본다. 아저씨가 경쾌하게 웃으면서 말한다.

"그렇죠? 제가 불을 잘 피워서 더 맛있는 겁니다. 하하하!"

이런!

미수언니만 또 엄마에게 점수 땄다.

앞으로 김치찌개는 먹는 것이지 맛을 평하면 안되며, 더욱이 그것을 말로 해서 입 밖으로 내지 말자고 속으로 다짐했다.

밥을 다 먹고 물 대신 나온 따뜻한 숭늉도 훌륭했다.

더운 날씨인데도 시원한 물을 마시는 것보다 좋았기 때문이다.

구수하며 달착지근한 맛이 내 속을 따뜻하게 해 주었다.

13살의 설레임

이른 식사를 마치고 과일을 깎아 먹으며 수연이와 찍어 놓은 사진들을 보았다. 정말 많이 찍었다는 생각이 든다.

한참 보던 중에 수연이가 내 얼굴을 쳐다보며 말한다.

"애. 좀 이상하지 않니?"

"……?"

"너네 오빠랑 미수언니가 팔짱 끼고 다정하게 찍은 모습이 말이야. 동현오빠랑 가림이 언니도 그렇고!"

"어! 그리고 보니 정말 그렇네?"

처음부터 사진을 다시 살펴 보았다. 정말로 미수언니는 동현오빠와 같이 찍은 사진에서는 그냥 친구 사이로 보였지만, 큰오빠와는 수연이 말대로 연인 사이로 보였다.

사진을 다 보고 난 우리는 둘 다 심각한 얼굴이 되었다.

나는 아빠 옆으로 가서 앉았다. 그리고 아빠 무릎에 기대며 맞은편에 앉아 계신 교수님을 바라보았다.

"교수님, 여쭤 볼 게 있어요."

"응, 그래."

"혹시 오빠들이랑 언니들이랑 캠퍼스 커플인가요?"

아빠와 엄마가 당황한 표정으로 나를 쳐다본다.

엄마가 어색한 것을 감추려는 듯 웃으며 말한다.

"애가 아직 철이 없어서…."

엄마는 내가 맘에 안 드는 행동을 하면 항상 남들에게 내가 철이 없다고 한다. 엄마에게 사진을 보이며 내 질문이 괜한 것이냐고 따지고 싶었지만 교수님의 대답을 듣기 위해 모른 척하고 교수님 얼굴만 쳐다보았다.

"하하하하! 괜찮습니다. 엉뚱한 질문도 아닌데요, 뭐!"

내 말을 듣고 크게 웃으시던 교수님은 엄마에게 괜찮다며 손까지 젓는다. 그리고 나를 쳐다보며 말을 잇는다.

"1학년 중에서 학교에서 방학기간 중 나를 도와 줄 수 있는 학생은 연구실로 찾아오라고 했더니 많이들 왔더구나. 나를 도와줄 학생은 네 사람이면 되는데 말이다."

수연이와 나는 눈을 반짝이며 귀를 쫑긋 세웠다.

"할 수 없이 연구실에 찾아온 학생 중에서 무작위로 네 명을 뽑았는데 공교롭게도 남학생들만 뽑히게 되었단다. 여학생도 몇 명 있었는데 말이다. 어쩔 수 없이 남학생 둘을 빼고 여학생 둘을 다시 뽑았단다. 이제 이해가 되니?"

담담한 교수님의 말에 어색했던 분위기는 사라졌다.

"예. 잘 알겠습니다. 이상한 질문을 드렸는데 친절하게 대답해 주셔서 감사합니다."

내가 죄송한 표정을 지으면서도 밝고 싹싹하게 말하자 교수님은 나를 잠시 쳐다 보시더니 다른 말씀을 하신다.

"실은 오미수양과 박가림양은 처음에 뽑은 학생들이 아니란다. 아니, 처음부터 연구실에는 찾아오지도 않았지! 그런데 방학하기 하루 전에 두 사람이 찾아와서는 나를 도와줄 여학생들과 상의해서 자신들이 대신 왔다면서 잘 부탁 드린다고 하는 거야. 학생들끼리 잘 상의해서 한 일이므로 나도 허락을 했지."

"예? 그게 무슨 말씀이세요?"

"나도 어떻게 바뀌게 되었는지는 모르지만 아무튼 미수양과 가림양은 내가 직접 뽑은 게 아니라는 사실이다. 알겠니?"

교수님도 궁금해 한다는 것을 목소리에서 알 수 있었다.

"예, 알겠습니다."

대답을 하며 이상한 느낌에 옆을 보았다.

웃으면서 나를 바라보던 엄마 표정이 무표정하게 바뀌고 있다. 그냥 넘길 수 없다는 엄마의 결의가 보인다.

"수연아! 더운데 우리 물놀이 하러 가자!"

우리는 물놀이를 핑계로 서둘러 그 자리를 피했다.

내가 고개를 돌려 엄마를 본 순간 피해야 한다는 공포심에 수연이와 자리에서 일어나기까지의 그 모든 일들은 단 한 동작처럼 이루어졌다. 그만큼 엄마의 무표정한 모습은 나를 긴장시켰다.

우리는 마을 앞 다리 옆에 있는 큰 나무 아래 정자에 앉았다.

가만히 앉아 있으니 산 위에서 시원한 바람이 불어온다.

수연이는 잠시 산에서 불어오는 바람을 맞으며 산 위를 바라보다가 고개를 돌려 나를 보며 말한다.

"두 사람은 작정하고 연구실에 들어온 게 틀림없어! 오빠들 하고 같이 있으려고 말이야."

"맞아. 내 생각도 그래."

"그리고! 미수언니가 너네 엄마한테 유난히 싹싹한 것도 잘 보이려고 하는 거야."

"그런 것 같아. 동현오빠도 가림언니랑 애인 사이 같니?"

나는 확인하듯 물었다.

"두 사람도 틀림없어."

대답을 하는 수연이의 얼굴이 심각해진다. 평소에도 감정이 풍부하고 예민한 수연이는 다른 사람의 감정을 잘 느꼈고, 수연이의 그런 느낌은 거의 틀린 적이 없었다.

그런 탓에 틀림없다고 못을 박는 수연이의 말을 들으면서 나는 가슴 한쪽이 싸해졌다. 할아버지와 할머니가 돌아가셨을 때 만큼은 아니고 아주 조금이었지만 분명히 그때 느낀 감정과 많이 닮아 있었다. 수연이의 얼굴에서도 나와 비슷한 감정을 느끼고 있다는 것을 알 수 있었다.

아주 사소한 일에도 최선을 다 하고 항상 열심히 노력하는 큰오빠를 보면서, 이담에 어른이 되면 춘성오빠 같은 사람하고 결혼하고 싶다고 말하는 수연이를 보고 내가 괜히 기분이 좋아지며 우쭐해 하던 일이 떠올랐다.

"너 우리 오빠 좋아하니?"

"응."

내가 물어보자 수연이가 기다렸다는 듯이 대답하며 내 손을 꼭 쥔다. 그리고 애절한 눈빛으로 내 눈을 똑바로 쳐다보며 말한다.

"네가 좀 도와주면 안되겠니?"

"…… ?"

"나도 너 도와 줄게. 너도 동현오빠 좋다며?"

수연이가, 내가 대답을 못하고 가만히 있자 안달을 한다. 나는 수연이의 모습을 보면서 속으로 다른 생각을 했다.

'나는 그냥 동현오빠가 나를 위해 노래 불러주던 모습이 좋은 것 뿐인데…. 그냥 친 오빠처럼 편하고 내 부탁을 거절하지 않고 잘 들어줄 것 같은 오빠…. 편한 친구 같은 오빠 모습이 좋은 것 뿐인데….'

'아니야. 나는 지금 분명히 자신의 감정을 모른척 하는 거야.'

'이상하다. 수연이와 내 성격이 바뀐 것 같다.'

'평소 자신의 감정을 잘 나타내지도 않고, 자기 의견도 조심하며 잘 말하지도 않는 수연이가 적극적으로 나오니까, 내가 괜히 조심하며 내 감정을 감추며 피하려고 하는 건 아닐까?'

'아니야. 동현오빠는 그냥 편한 오빠일 뿐이야.'

"나미얏!"

머릿속으로 혼자 이것저것 생각하던 나는 수연이가 부르는 소리에 퍼뜩 정신을 차렸다.

"그래, 알았어. 내가 적극적으로 도와줄게. 걱정 마!"

말해 놓고 곧 후회했다. 내가 뭘 어떻게 하려고?

아—! 대책 없이 말만 앞서다니—! 이런 바보 같으니라고—!

하지만 내 맘과 다르게 내 얼굴과 목소리는 확신에 차 있었고,

그 확신에 수연이 얼굴은 점점 환해지고 있었다.

"우선 오빠와 가까워지려면 같이 있어야 하는데 어떡하지?"

수연이가 걱정스런 목소리로 말하며 정자 바닥을 내려다본다.

"어떡하긴-? 오빠들한테서 언니들 다 떼놓고, 우리랑만 놀게 하면 되지!"

아-! 대책 없이 또 말만 던진다. 그런데 이게 웬일? 수연이가 고개를 들어 내 얼굴에 바짝 들이밀며 말한다.

"정말 좋은 생각이야! 어떻게 떼어 놓을 건데?"

수연의 목소리에는 답을 찾았다는 기대감이 느껴진다.

"그게… 그러니까…."

생각 없이 한 말이라고 하려다 수연이 얼굴을 보니 입이 떨어지지 않는다.

"방법이 뭐냐니까?"

"음-! 춘천 구경하고 싶으니 우리끼리 놀러 가자고 하지 뭐!"

"그래, 맞다. 야! 너 어쩜 그렇게 머리가 잘 돌아가니? 너 정말 똑똑하다."

똑똑하다고? 칭찬이야? 욕이야? 내 시험 성적 다 알면서…!

그나저나 우리끼리 놀러 가자고 하면 과연 언니들이 오빠들과 우리만 보내줄까? 나는 고개를 절레절레 흔들었다. 말이 안 된다.

그런데 수연이는 확실한 방법을 찾은 것처럼 좋아한다.

수연이 쟤--! 시험만 잘 보는 바보?

어쨌든 구체적인 방법도 찾지 못했는데 다행이다.

자, 그럼 여시들에 대해서 연구를 해볼까?

나미나라 공화국

우리는 춘천관광 여행지도를 펴놓고 세밀한 분석을 하여 여시 들을 떼놓을 여행 계획을 세우기로 하였다.

"……."

아무리 들여다봐도 좋은 장소나 계획이 잡히지 않았다.

"나미야! 여행지는 오빠들에게 정하게 하고, 계획은 일단 목적지에 가서 상황을 보면서 세우는 게 어때?"

"아무래도 그래야 할 거 같아!"

결국 아무런 소득도 얻지 못하고 상의만 하다가 자리에서 일어났다.

"무계획도 계획의 한 부분이다!"

우리는 결의에 찬 굳은 얼굴로 이렇게 외치며 정자를 나섰다.

큰오빠는 자신의 생각에서 조금이라도 벗어나면 잘 움직이려고 하지 않는다. 그런 큰오빠를 설득하는 것은 처음부터 포기하고 동현오빠에게 할 말이 있다고 하면서 집밖으로 불러냈다.

"오빠! 우리 춘천 구경 하고 싶은데….”

"그래? 그렇지 않아도 남이섬에 다 같이 놀러 갈까 하고 생각 중이었는데?"

"정말? 언제 가?"

일이 뜻밖에 술술 풀리는 느낌이다. 우리는 동현오빠 입에서 놀러 가자는 말이 나올 때까지 붙들고 늘어질 생각이었는데….

"먼저 어른들께 말씀 드려야지."

"그럼 내일 가자!"

"그럴까? 그럼 그렇게 말씀 드려 볼게.”

"와~아!"

수연이와 나는 좋아서 팔짝팔짝 뛰며 소리 질렀다.

"가게 되면 아침 일찍 출발해야 하니 미리 준비해라."

좋아서 펄쩍 뛰는 우리 모습을 보고 동현오빠가 미소를 짓는다.

방에 들어와 수연이와 함께 가방에 대충 필요한 것들을 넣고 마당에 나와보니 다들 대청마루에 모여 있다. 가까이 가보니 김밥을 만들 모양이다.

"저희들이 알아서 할 테니 어머니들은 가만히 계세요."

미수언니가 엄마와 아주머니에게 대청마루로 자리를 권한다. 그리고 가림언니와 함께 주방으로 간다. 나도 수연이와 같이 언니들을 따라 주방으로 갔다.

미수언니가 계란을 그릇에 풀더니 프라이팬을 잡고 그 안에 붓는다. 달궈진 프라이팬에서 '치—익' 소리가 나며 계란이 익는다.

"가림아! 노란 무하고 햄하고 잘라!"

"알았어!"

가림언니가 미수언니 옆에서 시키는 대로 칼을 들고 열심히 자른다. 가스레인지 위에 있던 냄비에서 물이 끓는 소리가 들리자 뚜껑을 열고 시금치를 넣는다.

왼손으로는 프라이팬에 있던 계란을 능숙하게 꺼내 도마 위에 올려 놓는다. 그리고 다시 긴 대나무 젓가락을 집어 들고 시금치를 뒤집은 후 계란 지단을 젓가락으로 가리키며 가림언니에게 말한다.

"이거 2cm 정도 간격으로 잘라줘."

크기까지 지시하며 계란 지단을 자르라고 하고는 시금치를 다시 한 번 뒤집자마자 꺼내어 흐르는 물에 씻어내고, 꼭 짜서 양푼에 넣는다.

그리고 옆에 있던 조미료를 이것저것 휙휙 뿌리더니 들고 있던 대나무 젓가락으로 대충 휘휘 저으며 섞어준다. 조금 먹어보며 간을 본 미수언니가 시금치가 들어 있는 양푼을 한쪽으로 밀어 놓고는 가림언니에게 말한다

"밥 줘봐!"

"응! 여기."

가림언니가 식히기 위해 큰 양푼에 퍼놓은 밥을 건네자 밥에도 간을 맞춘다.

"됐어!"

밥알을 조금 집어 먹어본 미수언니는 간이 잘 맞았다는 표정으로 가림언니에게 양푼을 건넸다.

그리고는 다시 프라이팬을 들고 어묵과 우엉을 볶아낸다. 프라이팬에서 어묵, 우엉과 함께 어우러져 기름에 볶아지는 간장의 진한 향기가 난다.

음~! 입맛을 자극하는 냄새~!

　미수언니가 새삼 대단하다는 생각이 든다. 언니를 따라 주방에 들어온 지 10분 남짓 지난 것 같은데 벌써 준비를 다 마치고 김밥을 싼다고 도마와 칼을 들고 대청마루로 나간다. 옆을 보니 수연이가, 파리가 드나들어도 모를 정도로 입을 벌리고 있다.

　대청마루로 나가 미수언니 옆에 앉았다.

　김밥을 말고 있는 미수언니를 보면서 놀라는 목소리로 아주머니가 한마디 한다.

　"김밥 싼다고 했을 때 언제 하나 했더니 말하자마자 뚝딱이네? 도깨비방망이도 아니고⋯."

"아유! 장작밥 먹는다고 밥을 새로 하는 바람에 밥이 많이 남아서 어찌하나 걱정했더니 이렇게 해결하네요."

항상 바로 한 따뜻한 밥을 주려고 하시는 우리 엄마는 역시 남은 밥 걱정을 하고 있었다.

아빠가 미수언니가 썰어주는 김밥을 앞에 놓고 말씀하신다.

"내일 가져가야 하는 것 아닌가?"

"저녁을 일찍 드셔서 출출하실 텐데 드세요. 내일 가져 갈 것은 내일 아침에 싸면 되니까 걱정 마시고요."

미수언니는 아빠에게 말하면서 생긋 미소를 짓는다.

윽! 또 짜증난다.

다음날 아침 일찍 일어나 준비하고 마을 앞에서 버스를 탔다. 버스를 타고 20분 정도 달려 춘천버스 터미널에 도착했다. 터미널에서 남이섬으로 가는 버스로 갈아 탔다.

"나미야! 다 왔다 내리자!"

동현오빠가 어깨를 툭툭 친다.

잠깐 조는 사이에 도착한 모양이다.

버스에서 내려 선착장으로 가자 커다란 바위 위에 '남이섬'이라고 쓰여 있는 바위가 제일 처음 눈에 들어온다. 그리고 기와가 있는 커다란 문이 있고, 그 위에 커다란 현판이 걸려 있다.

현판에 쓰여 있는 '나미나라공화국'이 눈에 들어온다.

"수연아, 저거 봐! 내 나라야!"

"…? 어! 진짜!"

나는 뒤를 돌아보며 소리질렀다.

"저거 봐요. 나미 나라래!"

동현오빠가 가까이 다가와 내 어깨에 팔을 두르며 신기하다는 듯 말한다.

"정말이네! 우리 나미! 나라까지 있고 좋겠네!"

수연이가 동현오빠를 쳐다보더니 뒤를 돌아본다.

"우리 나미가 만든 공화국에 들어가 볼까?"

뒤따라오던 큰오빠가 말을 하며 수연이 옆을 스쳐 지나간다.

아! 야속한! 바보 같은 우리 큰오빠!

동현오빠와 나란히 걸으며, 어제 정자에서 생각했던 것들이 떠오른다.

그냥 편한 친구 같은 오빠인데… 내가 무엇이든 부탁하면 거절하지 않고 다 들어 줄 것만 같은, 단지 착하고 친절한 오빠인데….

그런데 지금…… 이 두근거리는 설렘은 뭐지?

아—! 또 내 마음을 모르겠다.

가림언니와 다정하게 손잡고 찍은 사진을 보고 울컥해서 교수님에게 따질 때의 내 마음은, 동현오빠가 성에 갇힌 공주님을 구하는 왕자님이라고 생각했었다.

그런데 수연이가 큰오빠
에게 적극적인 것을 보고 괜히 위축
되어 그냥 친구 같은 친절한 오빠일 뿐이라고 정의내렸다. 그러
다가 지금 수연이가 부러운 눈으로 쳐다보자 또 다시 동현오빠가
왕자님으로 보인다. 그리고 나는 공주님이라는 착각에 빠진다.

뒤를 돌아보니 수연이가 고개를 숙인 채 걷고 있었다. 그러다
내가 보고 있는 것을 알기라도 한듯 고개를 들어 곧바로 나를 쳐
다본다. 나는 수연이와 눈이 마주치자 혀를 길게 빼고 웃으면서
수연이를 바라 보았다.
　수연이는 인상을 확 구기면서 내 앞을 지나치며 뛰어 갔다. 그
리고는 매표소에서 표를 사고 있는 큰오빠 옆으로 가서 선다.

이게 아닌데. 수연이를 약 올리려고 한 게 아닌데.

나중에 수연이에게 뭐라고 사과해야 하나?

머리가 아프다.

내가 왜 느닷없이 혀를 내밀었지? 누가 봐도 약 올리는 건데.

내가 고개를 푹 숙이자 동현오빠가 걱정스런 목소리로 물어 본다.

"왜? 어디 아파?"

"아니에요."

수연이에게 사과할 일은 일단 나중에 고민해야겠다고 생각하며 동현오빠를 향해 웃었다.

"나미 웃는 모습이 참 예쁘네."

동현오빠는 너무 예뻐서 놀랐다는 몸짓까지 해가며 웃는다. 오빠가 웃는 모습을 보자 또 다시 심장박동이 빨라지는 것을 느낀다.

큰오빠에게 입장권을 받아 배에 올랐다. 입장권에도 '나미 공화국'이라고 쓰여 있다. 단지 이름만 같을 뿐인데 정말로 나만의 세계로 들어가는 느낌이 든다.

나는 나미 공화국의 어여쁜 공주님이고 동현오빠는 나미 공주님을 만나러 오는 왕자님?

호호.

생각만 해도 즐겁다.

동현오빠가 내 어깨를 툭 친다.

"무슨 생각을 그렇게 하니?"

"예?"

"내리자고 하는데도 못 듣고 계속 하늘만 쳐다 보았잖아."

"그랬어요?"

나는 시치미를 뗐다.

배를 타자마자 내리는 것 같다. 단지 '배는 이런 것이다' 라고 맛만 보여 주는 것 같다.

선착장에 도착한 배에서 내리는 사람들은 모두들 마치 약속이라도 한 듯 한 방향으로 움직인다.

아빠와 아저씨 그리고 교수님 세 분이 무슨 재미있는 말씀들을 나누는지 연신 큰소리로 웃어가며 제일 먼저 앞서서 걸어가고, 그 뒤에 언니들과 큰오빠가 걸어간다.

그리고 큰오빠 옆에는 수연이가 부지런히 따라가고 있다.

소심한 복수

나는 카메라를 동현오빠에게 맡기고 여기 저기 뛰어다니며 찍어
달라고 보챘다.

아예 언니들 옆에는 갈 시간을 주지 않으려고 하는 의도였다.

뒤따라 오는 엄마와 아주머니에게도 같이 찍어야 한다며 잡아 끌
었다. 그렇게 한참을 사진 찍다가 청설모가 길가에 나와 있는 것을

발견했다.

"오빠. 빨리!"

"알았어! 지금 찍고 있어! 걱정 마!"

동현오빠가 여전히 싫은 내색 한 번 하지 않고 열심히 쫓아오며 스냅사진을 찍어준다. 그리고 나와 함께 다정한 포즈로 사진도 찍었다.

메타세콰이어 나무가 늘어선 길에 들어섰다.

"다 같이 단체 사진을 찍죠? 다들 이리로 모이세요."

큰오빠가 카메라 다리를 세우고 그 위에 카메라를 걸친다. 그리고 카메라를 쳐다보면서 사진 찍을 위치를 조정하고 있다.

그러려고 한 것은 아니지만 매표소 앞에서 수연이에게 혀를 내밀며 약을 올린 게 되어버린 것에 미안한 마음을 갖고 있던 나는, 큰오빠가 사진 찍을 위치를 잡을 때 일부러 맨 앞에 나와서 서며 수연이를 내 앞에서 조금 비껴서 앉도록 하였다.

그리고 큰오빠는 내 앞으로 와서 앉으라며, 모두가 들을 수 있도록 큰소리를 질렀다.

큰오빠가 셔터를 누르고 앞으로 뛰어온다.

뛰어오는 모양을 보니 제일 끝에 서있는 미수언니 옆으로 가서 서려고 하는 게 틀림없어 보인다.

"큰오빠! 빨리 내 앞으로 와서 앉아!"

나는 고래고래 소리를 질렀다. 큰오빠는 잠깐 난처한 표정으로 미수언니를 힐끗 쳐다본다.

"빨리 오라니까? 빨리 와!"

내가 손을 흔들며 계속 소리를 지르자 큰오빠는 나를 한번 쳐다보고 어른들을 보더니 아무런 말도 하지 않고 웃으면서 내 앞에 와서 수연이 옆에 나란히 앉는다.

우~~~! 고소하다.

두 사람의 표정은 안 봐도 알 수 있다.

기분이 상해서 나에게 한 마디 하고 싶을 텐데도 어른들 앞이라 아무 말도 못하고, 웃으면서 내 앞에 와서 앉는 큰오빠의 그 처세술에 복수했다는 마음이 든다.

통쾌했다.

그 날 단체 사진에 찍힌 내 모습은 무척 행복하고 밝아 보였다.

정신 없이 모였다 헤쳤다를 반복하며 사진을 찍은 우리 일행은 다시 아빠와 아저씨 그리고 교수님 세 분이 제일 먼저 저 앞에서 걸어가고, 엄마와 아주머니가 그 뒤를 따라 간다.

그리고 조금 뒤에서 언니들과 큰오빠가 걷고 있었고, 수연이는 변함없이 큰오빠 옆에서 따라가고 있었다.

나는 계속 사진을 찍기도 하고, 이것 봐, 저것 봐, 하면서 동현오빠를 귀찮게 하였다. 착한 동현오빠는 여전히 웃는 얼굴로 내 말에 따라 이리저리 뛰어 다녔다.

나는 틈만 나면 큰오빠와 수연이가 다정하게 포즈를 취하도록 유도하며 두 사람 사진을 찍어 주었다.

강가를 따라 조그만 오솔길이 나오자 언니들 둘이 어깨를 나란히 하며 걸었고, 할 수 없이 뒤처진 큰오빠가 수연이와 나란히 걷게 되었다.

뒤에서 보고 있으니 조금 걷다가 너무 조용해서 뻘쭘했는지 큰오빠가 수연이에게 뭐라고 말을 건넨다.

수연이가 환하게 웃으며 대꾸하자 큰오빠도 웃으면서 얘기한다.

무슨 말들을 하는 거지? 괜히 궁금했다.

어쨌든 두 사람은 이야기를 시작하자 무슨 할 말이 그리 많았는지 신나게 웃으면서 이야기를 나눈다. 심지어 평소에 잘 웃지도 않던 큰오빠가 큰소리로 웃기도 한다.

뭐야? 너무 가볍잖아. 바보같이!

아一! 또 괜히 짜증난다.

"괜찮아?"

동현오빠가 계속 수다를 떨던 내가 조용히 걷기만 하자 이상하다는 표정으로 말을 건넨다.

"괜찮아요. 그냥….."

"야아~ 우리 나미! 말도 안하고 조용히 걸으니까 뭔가 사색하는 것 같이 보이는 게 분위기 있는데! 너무 보기 좋아!"

내가 나를 잘 아는데, 사색이라니 무슨….. 나 같은 천방지축이 말이야….

아! 착한 동현오빠. 내가 우울해 보였나?

내 기분을 풀어주려는 듯 없는 말 꺼내가며 혼자 크게 웃는다. 또 가슴이 찡해진다. 동현오빠에게 또 감동 받았다.

그래! 남자라면 이 정도는 되어야지!

처세술만 잘하고 동생 마음 한 번 알아주지 않는 무뚝뚝한 큰오빠. 평소 말도 잘 안 하면서 한 번 했다 하면 내 속을 긁는 작은오빠. 야단만 치는 우리 아빠.

아! 우리 오빠 둘하고 동현오빠하고 맞바꾸고 싶다.

아저씨에게 두 사람 줄 테니, 동현오빠 한 사람 달라고 해 볼까? 이익이 아니냐고 하면서?

다 컸고, 공부도 잘 한다고 하면 될 것도 같은데….

산 속의 오솔길처럼 좁은 길이 끝나고 큰오빠가 미수언니 옆으로 가서 나란히 걷기 시작하자 수연이가 내 옆으로 온다.

"나미야 고마워."

"응?"

"아까 단체 사진 찍을 때도 그렇고, 또 오빠하고 둘이서 사진 찍을 수 있게 해줘서 너무 고마워."

"뭘~? 서로 돕기로 했잖아!"

"오빠가 아까 연못가에서 위험하다며 팔을 잡아줄 때 왜 그렇게 가슴이 심하게 뛰는지! 얼굴이 빨개질까 봐 얼마나 당황했다고! 사진에 내 얼굴 빨갛게 나온 것 아니야?"

말하는 수연이 얼굴이 발갛게 물든다. 수연이가 귀엽다는 생각이 든다.

"모르겠던데? 웃는 모습이 예쁘기만 하던데, 뭘!"

"정말?"

"어쨌든 네가 행복해 하니까 나도 기분이 좋다."

나만 믿어!

    수연이와 이야기를 나누며 걷고 있는 사이, 동현오빠는 가림언니 옆에서 걷고 있다.

    이런! 빈 틈을 보이면 안 되는데!

    그래도 싫은 내색 한 번 하지 않고 이 만큼이나 나를 따라와 준 것만 해도 고마웠다.

수연이도 오빠와 사진도 찍고 이야기도 많이 나누었으니 잘 되었고, 이 정도는 양보해 줘도 될 것 같다.

호호.

내 마음이 바다같이 넓다는 생각이 든다.

'사랑 쌓기'라는 곳에서 언니 오빠들이 짝을 지어서 소원을 적는다. 그리고 다른 사람들이 적어서 묶어 놓은 수 많은 소원 종이 사이에 소원을 빌면서 함께 묶는다.

음! 괜히 질투 난다.

그래, 맘껏 소원을 빌어둬! 나는 그것보다 더 빌면 되니까! 빌고 빌어서, 둘로 늘어난 여시들이 오빠들한테서 떨어지도록 말이야.

생각만 해도 하늘을 나는 것 같다.

소원 종이를 묶으면서 누구라고 할 것도 없이 얼굴이 발갛게 물든 네 사람을 보니, 소원 종이에 쓴 내용은 보지 않아도 알 수 있다.

뭐라고 쓰지? 저 여시들이 소원 종이에 쓴 소원을 한방에 날려버릴 소원을 써야 하는데….

잠시 고민하던 나는 무심코 옆을 보았다. 수연이가 곤란한 표정을 지으며 나를 보고 있다.

"나미야! 뭐라고 써야 될까?"

내가 쳐다보자 걱정스럽게 말하며 고개를 돌려 큰오빠와 미수언니가 있는 쪽을 바라본다.

불안해 하는 수연이 표정을 보며 나는 강한 목소리로 말했다.
"당연히 더 강력한 걸 써야지!"
"어떻게? 뭐라고 쓰려고?"
"나만 믿어!"

『저 두 쌍이 절대 맺어지지 않………………… 이름은 윤춘성,
오미수, 이동현, 박가림입니다. 꼭 잊어버리지 말고 기억하고
계시다가 …………. 그렇게만 해주신다면 ……. 만약 그렇게
되지 않는다면 ……… 영광을 받으시고 아멘,
나무아미타불 감사합니다. 꼭 부탁 드립니다.』

조그만 종이에 깨알 같은 글씨로 제발 저 소원들이 이루어지지 않

도록 각종 신에게 협박까지 섞어가며 앞뒤로 써 넣었다.

"그대로 베껴."

나는 소원을 다 적은 후 수연이에게 건넸다.

"너 정말 대단하다. 어떻게 이런 생각을 해 낼 수가 있어?"

감탄하던 수연이는 내가 내민 소원종이를 받자마자 그대로 베낀
다. 다 적은 소원종이를 정성스럽게 접으며 수연이가 묻는다.

"아멘 하고, 나무아미타불은 같이 쓰면 안 되지 않나?"

"야! 생각해 봐! 어떤 신이건 일단 다 적어 놓아야 그 중에 하나라
도 걸릴 것 아냐!"

"그런가?"

"그리고 중요한 건 하나라도 뺐다가 자기만 빼버렸다고 신이 화라
도 나서 우리 소원을 훼방하면
어쩔 거냐?"

나는 말하면서 소원종이를 쪽지편지 모양으로 접었다.

"듣고 보니 네 말이 다 맞네. 나미, 너 진짜 똑똑하다!"

다 접은 소원종이를 바닥에 있던 돌을 들추어 그 밑에 넣었다.

"수연아! 너도 여기다 놔!"

"왜? 묶어야 되는 거 아냐?"

"하—아! 너 정말 아무것도 모르는구나? 잘 들어 봐! 우리가 쓴 소원은 단순히 신에게 뭔가 주세요~, 하는 바람이 아니야. 누구누구에게 이렇게 해 주세요~, 하는 거야! 그것도 잘 되라고 하는 게 아니라 잘 안되었으면 하는 거지. 무슨 말인지 알아?"

"응! 대충."

"지금부터가 중요하니까 잘 들어! 옛날에 누군가를 해하려고 할 때는 방자라고 해서 사람 인형을 만들어서, 해하려는 사람 이름을 쓴 후에 나무에 대고 저주하며 못으로 박거나 불에 태워서 땅에 묻었단 말이야."

수연이가 고개를 끄덕이며 듣고 있다가 환하게 웃는다.

"아! 무슨 말인지 알겠다! 그러니까 우리가 쓴 소원은 우리에게 뭘 주세요~, 하는 게 아니라 저 사람에게 이렇게 해주세요~, 하는 방자라는 말이지?"

"그래, 맞아."

"하지만 우리가 쓴 건 오빠나 언니를 해하려고 쓴 게 아닌데?"

수연이 목소리에 걱정하는 마음이 묻어 있다.

"맞아. 그런 건 아니지만 어쨌든 우리에게 무언가 달라는 게 아니니까 나무에 대고 못으로 박거나 이렇게 땅에 묻어야 하는 거야."

"듣고 보니 네 말이 다 맞는 것 같다. 어쩜 너는 모르는 게 없니?"
윽! 또 수연이 칭찬이 성적 가지고 놀리는 소리로 들린다.

돌멩이 밑에 소원종이를 놓는 수연이 모습이 정말 진지하다. 게다가 소원종이 위에 돌멩이를 덮고 나를 바라보는 수연이의 표정은 나에게 진짜로 감탄했다는 얼굴이다.
내가 수연이의 진심을 너무 무시했나?
어쨌든 이제 결과만 나오기를 기다리면 된다.
언니 오빠들이 쓴 소원종이는 우리가 쓴 소원종이를 이기지 못할 것이다.
수연이와 나는 서로 바라보며 활짝 웃었다.

13살과
어른의 차이

맨 앞에서 걷던 세 분이 다들 도착하기를 기다리고 있다가 우리
가 마지막으로 당도하자 옛날 도시락을 파는 가게로 들어간다.

아빠, 아저씨 그리고 교수님과 오빠들은 김치전과 막걸리를 시
켜 놓고 열심히 옛날 도시락을 흔들고 있다.

"잘 봐! 이 도시락은 칵테일 만들 때처럼 리듬을 타야 돼. 그래

야 맛있게 만들어지는 거야.”

교수님이 정말로 리듬을 타듯 흔들며 오빠들에게 말한다.

“이렇게 흔들면 되나요?”

오빠들은 배우는 학생들처럼 말하며 옆에서 열심히 따라서 흔든다. 결국 도시락을 흔들어서 비빔밥으로 만드는 일은 엄마와 아주머니 그리고 언니들과 우리들 것까지 6개 전부를 세분이 모두 흔든 후에야 끝이 났다.

도시락 흔들어 먹던 이야기를 시작으로 겨울이면 교실 난로에 도시락 데우려고 올려 놓았다가 태워 먹은 이야기 등 어른들은 동심의 세계로 돌아간 듯 흥겨워 보였고, 오빠들은 정말 새로운 것을 듣는 호기심 많은 아이들처럼 재미있다는 표정을 짓기도 하고 때로는 놀랍다는 몸짓을 보이기도 하며 열심히 듣고 있다.

하~아! 재미없게 저렇게 했던 얘기 또 하고, 더구나 단어만 조금씩 틀리고, 배경만 다르지 거의 비슷한 내용을 세 분이 돌아가며 말하는데 오빠들은 지겹지도 않나?

나 같으면 ‘아빠! 했던 얘기잖아요?’ 라든가 ‘재미없어요!’ 라며 일어나 버릴 텐데 저렇게 즐겁게 듣고 있다니 이해가 안 된다.

나는 처세술의 달인으로 두 사람을 인정했다.

남이섬 밖으로 나온 우리 일행은, 춘천에 오면 닭갈비와 막국수

를 먹어야 한다며 식당으로 안내하는 아저씨를 따라 '춘천원조닭
갈비' 라고 쓰인 곳으로 들어갔다.

식당에 들어가 자리를 잡고 앉자 아저씨가 테이블 위로 상체를
약간 숙이며 중요한 얘기라도 하듯 말씀하신다.

"이 가게가 닭갈비 원조입니다."

어른들은 정말 이해가 안 간다. 들어오기 전에 보니까 그 많은
식당 간판마다 다 원조라고 쓰여 있는 것을 봤는데 말이다.

그럼! 이 식당을 뺀 나머지 식당 주인들은 다 거짓말쟁이???

어른들은 맛있다며 먹었지만 씹는 맛이 별로 느껴지지 않는 막
국수는 쫄깃쫄깃한 쫄면 종류를 좋아하는 수연이와 나에게는 맞
지 않았다. 그러나 매운 닭갈비는, 물을 계속 마셔가면서 구운 떡
볶이 떡과 함께 맛있게 먹었다.

식당에 들어와서도 세 분은 여전히 옛날 이야기를 하며 즐거워
하셨다. 그리고 오빠들은 여전히 어른들의 옛날 이야기에 놀란
표정과 추임새까지 섞어가며 듣고 있었다.

잠깐씩 들려오는 내용을 보면, 분명 아까 들었던 내용인데 오빠
들은 처음 듣는다는 듯 놀란 표정까지 짓는다.

아-! 이해불가다. 어른들은 정말-!

그 사이에 수연이와 나는 두 테이블의 숯불 위에 놓인 닭갈비와

떡을 집어다 정말 배 부르게 먹었다. 그 결과 집에 도착한 뒤에
수연이와 나는 소화제까지 먹고 마당을 뱅글뱅글 돌며 열심히 뛰
어야만 했다.

토요일 아침!

눈을 떠보니 벌써 시간은 오전 10시를 넘어 가고 있다. 주방에
가보니 엄마와 아주머니는 해장국을 끓이고 계신다.

이그 ! 뭐가 이쁘다고!

어제 저녁에 버스에서 내려 집으로 돌아오는 길에 아빠, 아저
씨, 교수님 그리고 오빠들까지 합세해서 어깨동무하고 고래고래

노래를 부르는 모습이 정말 흥겨워 보였다. 집에 도착해서도 어른들은 마당에 둘러앉아, 역시 뽕짝이 최고라며 노래를 불렀다. 물론 동현오빠의 기타 반주에 맞추어——! 다섯 분은 결국 맥주 한 박스를 다 비우고서야 주무셨다.

나 같으면 냉수도 주고 싶지 않을 텐데 두 분은 심각하게 간을 보며 맛을 내고 있다.

난 엄마나 아주머니처럼 착하게 살지 말아야지!

조금은 독하게! 숙취에 고생하도록 내버려 두어야 다시는 술을 안 마시지! 어찌 보면 엄마나 아주머니는 해장국까지 끓여주며 술 마시는 것을 격려하는 것 같다.

"밥 먹어라!"

엄마 말에 나는 배를 내밀며 말했다.

"어제 닭갈비를 너무 먹어서 그런지 생각 없어요."

방으로 들어가 누워서 배를 보니 어제 저녁에 닭갈비와 떡을 얼마나 먹었는지 지금도 배가 불룩하다.

수연이가 웃으면서 아직 꺼지지 않은 배를 두드리며 말한다.

"먹긴 많이 먹었다."

어른들은 12시가 다 되어서야 식사를 마쳤다.

"소양댐 구경 갈 거니까, 준비해서 나와."

동현오빠 말에 수연이와 나는 신이 나서 총알 같이 준비하고 마당으로 나왔다.

"너희들끼리 재미있게 놀다 오너라."

아저씨가 조금 힘든 목소리로 쉬고 있을 테니 신경 쓰지 말고 다녀오란다. 그러자 다른 분들도 손짓을 하며 잘 다녀오라고 한마디씩 한다.

우리는 마을 앞에서 버스를 타고 시내로 나와 소양댐으로 가는 버스로 갈아 탔다. 소양댐으로 가는 버스에는 '소양댐' 이라고 크게 글자가 붙어 있어 금방 알 수 있었다.

"소양댐에 가는 버스가 한 시간에 한 두 대 밖에 안 다니는데, 시간이 잘 맞아서 다행이야!"

동현오빠가 기쁜 표정으로 말한다.

"그래? 오늘 하루 일진이 좋을 것 같은데!"

가림언니가 거들며 동현오빠 앞에 앉는다.

버스는 40분 정도 걸려 소양댐에 도착했다. 버스에서 내리자 시계는 벌써 오후 2시 반을 가리키고 있었다.

수연이와 나는 캬캬거리며 언니들과 탑과 연어 폭포를 오가며 사진을 찍었고, 소양호가 내려다 보이는 곳에 서서 소양댐을 배경으로 하거나 넓게 펼쳐진 호수와 산을 배경으로 해서 찍었다.

언니들도 어제와는 다르게 버스에서 내리자 사진을 찍는다고 법석을 떨며 우리들 손을 잡고 이리 뛰고 저리 뛰었다. 그리고 카메라는 큰오빠와 동현오빠 사이를 왔다 갔다 하였다.

드디어 소양댐에서 배를 탔다.

"목적지는 청평사며 30분 정도 걸릴 거야."

친절하게 설명하는 동현오빠를 보며 정말 다정다감하다는 생각을 했다.

배에서 내려다 보이는 소양호의 물은 아름다웠다.

"물 속으로 뛰어내리면 물속으로 빠지지 않고 물 위를 그냥 달릴 수 있을 것 같아."

수연이가 물을 계속 바라보다가 정말 물속으로 뛰어들 것처럼 말하며 웃는다. 나도 물속으로 뛰어 들어가 아름다움을 온몸으로 느끼고 싶다는 생각이 들었다.

"나도 그래. 그렇지만 물 위를 달릴 수 있을 것 같지는 않고! 그냥 한번 빠져보고 싶다는 생각은 들어. 우리 한번 빠져 볼까?"

호수를 바라보며 내가 진지하게 말하자 수연이가 정색을 한다.

"야! 무슨 말이야?"

나는 약을 올리듯 한마디 더 했다.

"오빠들 있잖아! 구해줄 텐데 뭘!"

"무슨 말을 그렇게 재미있게 해?"

언니들이 우리들 옆으로 다가오며 묻는다.

"물에 빠져들고 싶다는 생각이 들어서 빠져 볼까? 하고 얘기하던 중이에요."

나는 언니들을 돌아보며 말했다.

"그래. 저기 보이는 산과 어우러진 호수의 아름다움이 우리 마음을 빼앗는 듯 하지. 그렇다고 정말 빠지면 안돼!"

가림언니가 정말로 걱정하는 투로 말한다.

"그냥 그렇다는 것이지, 정말 빠질 생각은 없어요!"

나는 대답하며 오빠들을 불렀다.

"동현오빠! 사진 찍어 줘!"

오빠들은 번갈아 가며 카메라 기사가 되어 언니들과 우리들에게 아름다운 추억을 사진으로 담아 주었다.

보이는 풍경은 비슷했지만 호수의 아름다움은 배가 지나갈 때마다 달랐으며 배 위에 서 있는 위치에 따라서도 받는 느낌이 달랐다. 우리는 누구라고 할 것도 없이 많은 사람들 사이에서 자리를 잡고 사진을 찍는다고 난리를 쳤다. 우리들의 그런 무례한 행동에도 사람들은 미소로 자리를 양보해 주었다.

선착장에 내린 우리는 청평사까지 걸어 올라가야만 했다. 수연이와 나는 여전히 카메라 셔터를 눌러댔다.

언니들과도 어울려 찍었다.

동현오빠가 걸어 올라가다 말고 뒤돌아 서서 시계를 들여다 보며 말한다.

"지금 시간이 청평사에 들렀다가 내려오면 배를 놓칠지도 모를 것 같으니 오늘은 여기까지만 보고 그만 돌아가야겠다."

"청평사까지 멀어요?"

내가 조금 아쉽다는 표정으로 물어 보았다.

"아쉽겠지만 내년 여름에 다시 오자."

동현오빠의 말에 모두들 서로 쳐다본다.

"그래. 내년 여름의 즐거움으로 남겨두자."

미수언니의 말투에는 내년에 꼭 오겠다는 마음이 담겨 있었다.

돌아오는 뱃전에는 오빠와 언니들이 서로 짝을 지어서 이야기에 빠져 있다. 수연이와 나는 훼방놓을까 하다가 그만 두었다.

어차피 우리가 돌멩이 밑에 묻어 두고 온 소원종이가 힘을 발휘할 것이고, 오늘 하루 종일 우리를 즐겁게 해주려고 오빠 언니들이 꽤 열심히 움직였으니 그것에 보답하려는 우리의 작은 배려도 있었다.

시작된 공부

춘천에서의 마지막 날 큰오빠가 우리들 방으로 들어왔다.

"우선! 가장 급한 영어하고 수학부터 해야겠다."

"무슨 말이야?"

자리에 앉자마자 얘기하는 큰오빠의 뜬금없는 말에 우리는 어리둥절한 표정으로 물었다.

"내일부터 공부 시작할 거니까 그리 알고 있어. 그리고 수연이도 공부 같이 할 거면 내일 오전10시 반에 집으로 와라."

"고맙습니다! 준비는요?"

"준비할 건 없고 연습장하고 필기도구 가져와라."

"큰오빠. 갑자기 왜 그래! 며칠 더 있다 하면 안돼?"

"오전에 1시간 30분간 나하고 영어 공부하고, 오후 1시부터는 동현이랑 1시간 동안 수학 공부한다. 알았지?"

큰오빠는 내 말을 무시하고 자기 할 말만 하고 나가 버린다.

춘천에서 돌아온 다음 날부터 나와 수연이는 큰오빠와 동현오빠에게 영어와 수학을 배우기 시작했다.

영어와 수학.

이 두 과목은 별로 필요하지 않은 학문으로 분류되어 내 책상 위에서 사라진 지 오래된 것들이다.

영어는 남의 나라 말이다. 난 내 나라만을 사랑하기로 했다. 그리고 절대로 영어를 쓰는 나라나 영어를 쓰는 사람들과는, 가지도 않고 만나지도 않겠다고 굳게 결심했다.

수학은 외계인의 암호다. 내가 그들과 통신할 일은 없다.

그런데 내 앞에 닥친 현실은 반대로 진행되고 있다. 내쳐졌던 책들은 내 책상을 점령군처럼 차지하고 있고 나는 그것들로부터 벗어날 방법을 찾지 못하고 있다.

큰오빠가 나와 수연에게 몇 가지 영어 테스트를 하였다.

"수연이는 기초가 탄탄하니 영어 테이프를 듣고 따라 해."

큰오빠가 수연이가 본 테스트 용지를 살피며 말한다.

"예에-!"

"너는 하루에 단어 30개씩 외워! 네 방에서!"

"너무 많아! 그리고 왜 내 방이야?"

내가 볼멘 소리를 하자 큰오빠가 인상을 팍 쓴다.

"수연이는 테이프 들어야 하니까 같이 있지 말고 네 방에서 하란 말이다. 그리고 영어단어는 1시간 안에 다 외워! 나중에 물어봐서 대답 못하면 일주일 치 용돈 없다. 엄마하고 약속한 거니까 오빠 원망하지 마."

"왜 내 용돈 가지고 그래!"

내가 화난 목소리로 소리를 지르자 큰오빠가 조용히 일어나서 밖으로 나간다.

"어디 가?"

"아래층에. 1시간 후에 올 테니 그때까지 외우고 있어!"

"큰오빠!"

내가 부르는 소리에 대꾸도 하지 않고 문을 닫아버린다.

영어를 배우는 오전 시간은 너무 힘들었다. 1시간 동안 무조건 외우도록 시키고 남은 30분 동안 계속해서 단어만 물어본다. 단어암기는 걱정했던 것과는 달리 암기가 가능했다.

용돈에 대한 나의 집착도 한몫 했지만 단어 30개를 이리저리 바꿔가며 정신 없이 묻고 알려주고 다시 묻고 하는데 그 순간만큼은 저절로 외워졌다.

이렇게 큰오빠의 무식한 암기 방법은 비록 다음날 다 잊어버리기는 했지만, 시간 안에 암기 시키는 데는 성공했다.

이 방법이 수연이에게는 통하는 모양이다. 나와 똑같은 단어장을 받고 그 많은 단어들을 그날그날 다 암기한다.

그런데 나처럼 다음날이면 잊어버리는 게 아니라 완전히 외우는 것 같이 보였다. 영어테이프 듣느라고 외울 시간이 없을 텐데 신기했다.

나는 수연이가 어떤 방법으로 외우는지 궁금했지만 자존심이 상해 물어보지 않았다.

오후에는 동현오빠에게 수학을 배운다.

수학 공부 첫날.

그렇게 친절하고 나를 위해 주던 동현오빠를 상상하며 수연이와 함께 방에 들어갔다. 방안에는 넓은 상이 하나 놓여 있었다.

"오빠, 안녕?"

"안녕하세요."

"응! 그래! 이거 풀어라!"

"……… ?"

"……… ?"

나와 수연이의 인사에 대충 건성으로 대답하며 상 위에 있는 문제지를 손으로 가리킨다.

"50분 준다."

동현오빠는 말도 붙이지 못할 정도로 차갑게 말하고는 시계 알람을 맞춰 옆에 놓는다. 그리고 책상에 앉아 책만 본다. 나는 공부 첫날에 이런 동현오빠를 보고 다른 사람으로 착각했다.

"오빠, 이거 모르겠어요!"

"틀려도 되니까 그냥 아는 만큼 풀어!"

내가 문제를 풀다가 가르쳐달라고 하자 뒤도 돌아보지 않고 조용히 말한다.

"때르르르르르릉!"

시계 벨 소리가 50분이 지났다고 알리자 동현오빠가 바닥에 앉
으며 우리가 푼 문제를 쭉 한번 훑어본다.

"이 문제하고 이거. 이거!"

틀린 문제를 말하는 것인지 알 수 없었지만 문제를 지적한 후에
푸는 방법을 설명한다.

"자 여기까지! 혼자서 다시 한번 살펴보도록 하고, 내일 보자!"

설명이 다 끝나자 우리들이 이해를 했는지 안 했는지 상관하지
않고 답지를 건네면서 다시 책상에 앉아서 책을 본다.

벨이 울리고 방을 나오기까지 걸리는 시간은 정말 딱 10분이다.

내 방에 와서 겨우 두세 개 밖에 틀리지 않았나? 하고 수연이와
답을 맞춰보니 정말 황당했다.

나는 맞은 답이 세 개고 수연이는 틀린 답이 다섯 개가 나왔기
때문이다.

적어도 틀린 답은 다 설명해 줘야 하는 것 아닌가 말이다. 그냥
자기 멋대로 딱 10분을 채우기 위해 두세 개만 설명하는 게 틀림
없었다.

아~ 정말! 어떡해야 하나?

동현오빠가 상냥하게 하나부터 열까지 친절하게 문제를 풀어주
며 설명해 주고 또 중간에 쉬었다 하자며 간식거리도 나눠 먹고,

서로 많은 이야기를 나눌 것을 기대했던 나는 오전의 영어 시간
과 함께 절망의 구렁텅이로 빠져들었다.

나는 3일을 지켜본 후에 큰오빠의 비상식적인 행태와 동현오빠
의 비상식적인 교육방법과 무성의에 대해 아빠에게 상세하게 설
명해 드렸다.

내 설명이 끝나자 아빠가 지금까지 볼 수 없었던 무서운 얼굴을
한다. 그러자 엄마가 내 팔을 붙잡고 밖으로 끌고 나왔다.

그 후 엄마의 잔소리는 1시간을 넘어갔고, 그것도 모자라 일주
일 치 용돈을 삭감당했다.

큰오빠와의 공부는 어느 정도 예상했던 터였다. 그 시간을 견디
며 동현오빠와 함께 공부하는

오후 시간을 기대했던 나는 공부 첫날, 세상이 암흑으로 변하며 왕자님이 악마로 변신하는 모습을 지켜볼 수 밖에 없었다.

그리고 아빠의 무서운 얼굴과 엄마의 용돈 삭감을 겪으며 3일 만에 오빠들과의 모든 시간이 지옥처럼 느껴졌다.

아빠는 염라대왕이었고 오빠들은 채찍만 들지 않은 지옥을 지키는 지옥사자들이었다. 그리고 지옥의 사자들은 염라대왕에게 정기적으로 과외비를 받아갔다.

방학 마지막 날이 되었다.

오빠들과 하던 공부도 끝난다는 생각에 팔짝팔짝 뛰며 좋아했다. 그러나 아빠의 말 한마디에 나는 다시 떠밀려서 지옥 문을 열고 있었다. 아니 완전히 지옥에 떨어졌다.

"동현아! 따로 방 구하지 말고 춘성이랑 같이 지내면서 나미 공부를 봐 주면 좋겠구나!"

나는 소리를 지르고 싶었다.

글쎄! 동현오빠가 하는 일은 시계 벨 소리를 50분에 맞추어 놓는 것 밖에 하는 게 없다고요ㅡㅡㅡㅡㅡㅡㅡㅡㅡㅡ!!

그러나 나는 침묵해야만 했다. 일주일치 용돈을 엄마로부터 지키기 위해서…… 잘못하면 한달치가 날아갈 수도 있다는 두려움에 떨면서.

수연이의 마음

개학을 했다.

날씨는 여전히 뜨거웠다.

방학 내내 수연이를 만났는
데도 학교에서 만나자 더욱
반갑고 가깝게 느껴졌다.

영희도, 반 친구들도 모두 잘 지낸 것 같다.

방과 후 영희랑 수연이랑 오랜만에 떡볶이 집에 갔다. 자리에
앉자 떡볶이가 나왔다. 우리는 말도 안하고 신나게 떡볶이를 먹
었다.

영희가 이상하다는 얼굴로 수연이를 쳐다보며 말한다.

"너! 떡볶이 안 먹어?"

"………!"

수연이가 대답을 하지 않자 영희가 떡볶이 먹던 포크를 내려 놓으며 걱정하는 말투로 묻는다.

"멍해 보이는 게, 무슨 일이라도 있니?"

나는 수연이를 쳐다보았다. 영희 말대로 멍하니 있는 모습이 걱정을 잔뜩 안고 있는 모습이었다.

"진짜 무슨 일 있니?"

내가 물어보자 수연이가 혼잣말 하듯이 대답한다.

"나미야! 나 이상하게 춘성오빠 생각만 나. 지난번 남이섬에서 같이 찍은 사진만 보게 되고, 요즘 집에서 공부도 통 안되고, 저녁에 잠도 제대로 잘 수가 없어. 내 얼굴 좀 봐."

영희가 놀리듯이 말한다.

"그래, 푸석푸석하다!"

수연이가 떡볶이에는 손도 대지 않고 있다가 물을 한 모금 마시고는 일어난다.

"나 먼저 갈게."

힘없이 말하며 일어나 문을 열고 나가는 수연이 뒷모습을 보던 영희가 말한다.

"야! 쟤 진짜 심각하다."

"그런 것 같네. 대체 우리 오빠 어디가 맘에 든다고."

"그런 소리 마! 수연이는 심각하잖아!"

"……!!"

"방학 중에 무슨 일 있었니? 쟤, 너희 오빠 마음에 들어 하는 건 알았지만 저 정도는 아니었는데?"

나는 떡볶이를 먹으면서 춘천에서 있었던 일을 영희에게 말해 주었다. 영희가 내 얘기를 다 듣고 나자 섭섭하다는 표정을 지으며 말한다.

"야! 너네들 정말 웃긴다. 어떻게 둘이서만 놀 수 있냐?"

"미안해! 전화라도 했어야 했는데. 다음엔 무조건 너한테 전화부터 할게."

내가 사과하자 영희가 조금 풀어졌는지 미소를 지으며 말한다.

"아! 뭐 할 수 없지! 이 언니가 너희들 구제해 줘야지. 알았으니까 그 폭시들 얘기 좀 해봐."

"폭시라니?"

"이그…. 이 바보야! 여시라며? 여시는 여우 아니냐? 여우는 영어로 폭스. 그러니까 여우는 여시! 폭스는 폭시! 알겠냐?"

영희 말에 나는 배꼽 빠져라 웃어가며 미수언니를 '폭시 원', 가림언니를 '폭시 투'로 만들어 버렸다.

한참 웃던 영희가 진지한 표정을 지으며 말한다.

"우리 아빠 말씀이 어떤 일이 닥치면 뒤에서 고민하지 말고 정

면으로 부딪쳐야 해결책이 나온다고 했어. 그러니 수연이도 오빠
하고 직접 부딪쳐서 해결해야 하지 않겠니? 그러니 오빠랑 수연
이랑 단둘이 만나게 해주는 게 어때?"

"수연이랑 오빠랑 만나게 하라고? 어떻게?"

"그건 네가 생각해야지! 일단 오빠한테 말해 봐!"

"내가?"

어디서 어떻게 만나게 한다는 대책도 없이 무조건 만나게 하라
는 영희 말에 당황하자 영희가 황당하다는 얼굴을 한다.

"그럼! 내가 하랴?"

나는 집에 가서 고민하기 시작했다. 우선 고지식한 큰오빠하고
상의한다는 건 여러 가지로 무리라는 생각이 들었다.

잘 모르겠다.

정말! 진짜! 머리가 아프다.

골치 아프다는 말은 이럴 때 쓰는 말인가 보다.

그냥 내버려 두자니 수연이가 고민이 길어지면…… 공부도 안 하고, 성적이 떨어지고, 부모님에게 혼나겠지?

나는 아무리 혼나도 일단 죽었다 하고 빌고, 반성하는 척하며 그 자리만 모면하면 다 잊어버리지만, 수연이는 그 성격에 가슴 속에 두고두고 담아두겠지……?

"아! 답답해!"

나는 자리에서 벌떡 일어나 옥탑방에 올라가 큰오빠 방문을 두드렸다.

"오빠, 자?"

"왜? 들어와."

내가 방에 들어가자 큰오빠가 묻는다.

"무슨 일이냐? 잠잘 시간에."

"그게…. 잠이 안 와서…."

나는 우물거리다 엉뚱한 말을 꺼냈다. 큰오빠가 책상에서 일어나 웃으면서 내 손을 잡는다. 나는 큰오빠 손에 이끌려 내려와 잠자리에 누웠다. 큰오빠는 잠시 앉아 있다가 내가 하품을 하자 조용히 일어나 밖으로 나간다. 바깥에서 방문 여는 소리와 함께 엄마 목소리가 들린다.

"왜 내려왔냐! 출출하니?"

"아니에요. 나미가 잠이 안 온다고 해서 잠깐 보고 나오는 중이에요."

"나미가? 알았다. 뭐 먹을 것 좀 줄까?"

"예, 어머니! 라면 끓여 주세요."

"이 저녁에 라면을? 과일 깎아 주마."

"예, 알겠어요."

"올라가 있거라."

"예."

나는 엄마와 큰오빠가 나누는 소리를 듣다가 깊은 잠에 빠져들었다.

오빠 문제는 영희와 상의해야겠다.

내일 놀토니까 영희보고 일찍 오라고 해야지….

ZZZ…

"영희야! 큰일났어! 큰오빠 앞에서 말이 안 나오는 거 있지? 어떡하지?"

다음날 아침 연락을 받고 일찌감치 우리 집으로 온 영희가 내방에 누워서 아직 잠에서 덜 깬 듯 하품을 하며 대답한다.

"글쎄? 나라고 무슨 수가 있는 것도 아니고. 아-!"

영희가 말을 하다가 좋은 수가 생각난 듯 눈을 반짝인다.

"왜? 뭐 좋은 수가 생각났니?"

171

"미수언니하고 상의해 볼까?"

"뭐? 야! 그게 말이 되냐?"

"왜 안돼? 생각해 봐! 이 문제는 미수언니도 관련된 문제야! 그러니까 미수언니하고 상의하는 것도 좋은 방법이야! 그리고 미수언니도 우리 같은 시절을 보냈으니까 우리 맘을 잘 알 거 아냐! 틀림없이 좋은 방법이 나올 거야."

"그런가?"

내가 반신반의하자 영희가 무조건 해야 한다는 듯 말한다.

"폭시 원, 오늘 오지?"

"몰라! 요즘 토요일만 되면 놀러 오긴 했지만…. 오늘도 오겠지 뭐!"

"그럼! 있다가 할말 있다고 하면서 이 방으로 데려와! 오빠한테 가기 전에 무조건 데려와, 알았지?"

"응! 알았어!"

미수언니는 내가 할 말이 있다며 막무가내로 잡아 끌자 웃으면서 따라와 내 방으로 들어와 앉았다.

영희가 미수언니를 보자 인사를 한다.

"언니! 안녕하세요? 상의 드릴 게 있어서요."

"그래? 무슨 일인데?"

"우리 나름 심각하거든요? 그러니 깊이 생각해 주세요."

영희 말에 미수언니가 자리를 고쳐 앉으며 들을 준비가 다 되었다는 듯 영희를 바라본다.

"저희 친구 수연이 아시죠?"

"응! 수연이 알지!"

"바로 말씀 드릴게요. 수연이가 춘성오빠가 좋대요. 요즘 뭘 해도 집중도 안되고, 오빠 생각만 난다며 고민하고 있어요."

"그래?"

미수언니가 놀랍다는 듯 눈을 약간 치켜 뜬다. 내 얼굴을 한번 보더니 고개를 돌려 영희를 보며 말한다.

"그래서 너희 생각은?"

"수연이가 춘성오빠랑 만나서 자기가 하고 싶은 말을 하게 해 주었으면 좋겠어요. 제가 보기에는 그것 외에는 수연이 문제가 해결되지 않을 것 같아요!"

"그래! 그렇구나. 나를 보자고 한 건 뭔가 부탁이 있어서 그런 것 같은데. 맞니?"

"예! 언니가 해주었으면 하는 일이 있어서요."

"뭐지?"

"수연이랑 오빠랑 만나게 해주려는데 방법을 몰라서요."

"그래 알았다! 내가 방법을 찾아볼게. 그건 그렇고 수연이는 참 좋은 친구들을 두었구나. 수연이를 이해하려고 애쓰는 모습이 보기 좋고, 문제를 해결하려는 방법도 훌륭하고."

미수언니는 미소를 지으며 대견하다는 듯 말하였다. 나는 새삼 스레 영희가 대단하다는 생각이 들었다.

미수언니는 우리들과 몇 마디 말을 더 나눈 후 옥탑방으로 올라 갔다. .

나는 영희와 손뼉을 마주쳤다.

"야! 뭔가 잘 될 것 같다."

"응! 나도 그런 생각이 들어."

"네 생각이 맞았어. 폭시 원하고 상의하길 잘한 것 같아."

"그래!"

미수언니는 한 시간쯤 지난 후 우리를 찾아왔다. 언니는 방안에 들어와 자리에 앉기도 전에 밝은 얼굴로 묻는다.

"얘들아! 내일 어떠니?"

"예? 내일이라뇨?"

영희와 나는 동시에 물었다.

"오빠하고 수연이 만나는 거 말이야."

"…??"

우리가 멀뚱하게 얼굴만 바라보자 미수언니가 웃으며 말을 꺼낸다.

"내일 공부 끝나고 오후에 북한산으로 등산, 어때? 다 같이."

"예? 다 같이요?"

"그래. 다 같이 가서 두 사람에게 시간을 주는 거지! 우리가 자리를 마련해 주는 거야! 물론 오빠한테는 내가 미리 말해 둘게. 수연이는 너희들이 알아서 하고."

나는 무지하게 고민했는데 그 짧은 시간에 방법을 찾아내다니. 미수언니가 대단하다는 생각이 들었다.

다음날.

우리는 처음 계획대로 공부가 끝나자마자 가벼운 옷차림으로 음료수와 먹을 것을 싸서 등산용 가방 하나에 몽땅 넣었다. 그리고 그 가방은 큰오빠에게 들려주고 북한산으로 향했다.

버스에서 내려 산 입구에 도착하니 벌써 2시가 다 되어 가고 있었다. 등산은 '하루재 코스'를 택했다.

준비를 마치고 등산을 시작하려 하자 미수언니가 오이를 꺼내 놓으며 말한다.

"등산할 때 갈증 나면 물 대신 이거 먹으면 좋아. 먹어 봐!"

나는 미수언니에게서 오이를 받아 들며 말했다.

"언니 등산 자주 다니는가 봐요? 저희는 잘 모르는 방법인데!"

"호호. 그냥! 상식이지 뭐!"

윽! 그럼? 그 상식을 모르는 나는 비상식?

우리는 본격적으로 등산을 시작했다.

나와 영희 그리고 미수언니 이렇게 셋은 약간 떨어져서 걸었다. 수연이에게는 오빠 옆에서 따라가라고 미리 일러 두었다. 큰오빠도 미수언니와 무슨 얘기를 나누었는지 수연이를 보호하듯 손을 잡아주며 산길을 오른다.

한 시간 정도 올라가자 넓고 커다란 바위가 나타났다. 우리는 그 위에 올라가 가지고 간 것들을 꺼내 놓았다.

먹을 것을 잔뜩 늘어놓고 조금 먹다가, 우리 셋은 눈치를 주고받은 후 경치를 구경한다고 하며 큰오빠와 수연이만 남겨두고 그 자리를 피해 나왔다.

조금 지난 후에 멀리서 지켜보니 수연이는 고개를 폭 숙이고 있고, 큰오빠는 계속해서 말을 하고 있었다.

　우리 세 사람은 약속이라도 한 듯 서로 얼굴을 쳐다보고는 두 사람에게서 고개를 돌렸다.

　한참 지난 후에 큰오빠와 수연이가 있는 바위에 돌아오자 두 사람은 재미있는 얘기라도 나누는 듯 웃어가며 과자를 먹고 있었다.

　우리 세 사람은 서로 얼굴을 쳐다보며 미소를 지었다.

　잘 된 것 같다. 수연이도 얼굴이 밝아 보였다.

다음날, 점심시간에 수연이에게 자초지종을 물었다. 수연이는 밝게 미소만 지을 뿐 입을 열려고 하지 않았다.

방과 후, 영희와 나는 싫다는 수연이를 잡아 끌며 떡볶이 집으로 갔다.

우리가 집요하게 물어보자 수연이가 마지못해 입을 연다.

"오빠가 고맙대."

"고맙다니?"

"자기를 이렇게까지 생각해 주는 사람은 처음이라면서 기분이 좋다고 하더라."

"네가 뭐라고 했는데?"

내가 물어보자 수연이는 물을 한 모금 마시더니 다시 말한다.

"그냥……! 오빠가 좋다고 했어! 오빠 생각하면 그냥 기분이 좋아지고 요즘 공부도 잘 안 된다고 했더니 오빠가……."

수연이가 말을 끊더니 물을 한 모금 더 마신다. 영희가 답답한 듯 재촉한다.

"그래서! 빨리 좀 얘기해 봐!"

"지금은 학생이고, 공부도 학창시절에 할 수 있는 것이지 사회에 나가면 공부하고 싶어도 하기 힘드니까 지금은 열심히 공부하래! 열심히 해서 한강대학교에 들어오래.

어차피 오빠도 군대에 다녀와야 되고, 군대 다녀오면 곧바로 어학연수를 2년 정도 할 계획이고, 어학연수 끝나면 남은 대학 생활

마치고 대학원에도 진학할 예정이래.

긴 시간 같지만 지나고 나면 짧다고 하면서 열심히 해서 한강대학교의 원하는 과에 들어오래.

그때도 오빠가 좋다면 만나겠대. 중간에 사랑하는 사람이 생기지 않는다면 말이야!

그건 자기도 약속할 수 없는 일이고 나도 시간이 흐르다 보면 오빠보다 더 좋은 사람이 나타날지도 모르는 일이고. 서로 편하게 최선을 다하자고 했어."

수연이는 말을 시작하자 누가 쫓아오기라도 하듯 빠르게 말하고 끝냈다.

수연이 말을 다 듣고 나자 왠지 오빠에게 고마움이 느껴졌다. 무뚝뚝한 큰오빠가 우리들 마음을 너무 잘 알아 주는 것 같았다.

그날 이후 수연이는 전과 다름없이 학교 생활을 하였다.

아니! 전보다 더 열심히 공부하고, 매사에 더욱 적극적이었다.

한강대학에 가려면 지금부터 열심히 공부해야 한단다.

춘성오빠와 잘 어울리는 똑똑하고 멋진 대학생이 되려면 공부밖에 없다고 하면서 말이다.

우리들의 미래

다시 놀토가 돌아왔다.

영희와 수연이는 아침 일찍부터 우리 집에 와서 영어단어를 외운다고 법석을 피우고 있다. 점심시간이 되자 엄마가 밥 먹으라고 부른다. 우리 셋은 엄마가 차려준 점심식사를 맛있게 먹었다. 식사를 마치고 방에 들어와 앉자 먼저 들어와서 누워 있던 영희가 무언가 생각났다는 듯 말한다.

"같이 가보지 않을래?"

"어딜?"

수연이가 궁금한 듯 묻자 영희가 일어나 앉으며 말한다.

"전에 작은언니하고 손금 보는 집에 갔는데 정말 잘 맞추더라. 너희들 같이 가보지 않을래?"

수연이가 정색하며 대답한다.

"점? 점보는 거면 무당 아냐?"

"야! 무식하게. 그게 아니고 타로 점 보는 곳하고 똑 같은 곳에서 보는 거야! 교복 입은 언니들도 많이오던데? 가자. 응?"

".........??"

나는 점 같은 것은 처음부터 관심도 없었지만 둘이 간다면 따라 갈 수 밖에 없어서 그냥 가만히 있었다. 영희의 재촉에도 수연이가 대답을 하지 않고 가만히 있자 영희가 큰오빠 얘기를 꺼낸다.

"춘성오빠하고 앞으로 어떻게 될 것인가 물어보면 가르쳐 줄 텐데…. 가림언니 문제도…."

수연이가 갑자기 관심을 보이며 묻는다.

"정말? 다 알 수 있는 거야?"

"확실한 건 아니지만 대충은…."

영희에게 넘어간 수연이가 빨리 가보자고 하며 더 설친다. 우리는 영희가 언니와 가보았다던 한강백화점으로 갔다. 노점 점집들이 백화점 벽을 따라 길게 늘어서 있었다.

나는 놀라서 입을 크게 벌리며 말했다.

"와~아! 진짜 많다. 이게 다 타로 점이나 손금 보는 데야?"

"아니야! 별자리로 보는 12성좌 점집도 있고, 이름을 풀어서 보는 점집, 사주관상, 풍수지리, 꿈을 해석하는 점집까지 다양해. 거기다가 자신이 '영 능력자'라고 큰소리치는 사람들도 있어!"

"대단하네! 우리가 가는 데는?"

"따라 와!"

영희가 手相(수상)이라고 한문으로 크게 쓰여 있는 천막 안으로 들어간다.

그 안에는 20대 중반 이상으로는 보이지 않는, 젊은 언니가 앉아 있었다.

의외였다.

나는 당연히 나이 드신 할머니나 무섭게 생긴 아저씨가 앉아서 '무슨 일로 왔느냐!' 하고 고함을 지르는 모습을 상상했는데 생각과는 전혀 틀렸다.

점집 안은 분홍색을 기본으로 해서 아기자기하고 예쁘게 꾸며져 있었다. 한가운데에는 레이스가 달린 분홍색 테이블보가 4인용 정도의 둥그런 테이블 위에 깔려 있었다.

뒤쪽으로 파일 클리어가 빽빽하게 꽂혀 있는 조그마한 2단 서류함이 보였고, 바닥에는 등받이가 없는 분홍색의 둥그란 의자가 있었다.

복사기도 동물그림 같은 귀여운 레이스가 달린 분홍색 천에 덮여 한쪽에 놓여 있었다.

언니가 영희를 보자 웃으면서 반긴다.

"일전에 언니하고 왔던 학생이네! 오늘은 친구들과 온 거야?"

"언니! 저 기억해요?"

"그럼! 너처럼 예쁜 애는 드물거든."

영희가 의기양양하게 돌아보며 말한다.

"우와! 너희들! 언니 말 들었지?"

"자! 자! 편히들 앉자!"

언니 말에 수연이가 의자에 앉으며 묻는다.

"저는 수연이에요. 그런데 너무 젊고 예쁜 언니라서 놀랐어요!"

언니가 남자같이 웃으며 기분 좋은 목소리로 말한다.

"아하하! 그래. 처음 오면 다들 그런 소리 하지."

"안녕하세요! 언니가 족집게처럼 잘 맞춘다고, 영희가 꼭! 가봐야 한다고 해서 왔는데 진짜 잘 맞춰요?"

내가 분위기 탓인지 조금 큰 목소리로 물어보자 언니가 또 남자같이 웃으며 말한다.

"아하하! 나는 이렇게 활기차고 발랄한 성격을 참 좋아하는데. 이름이 뭐야?"

"나미예요! 윤나미!"

"그래, 나미야! 뭘 알고 싶어서 왔는데? 참고로 난 학원 족집게 선생님처럼 문제를 쪽쪽 집어내서 맞추는 재주는 없고, 문제를 잘 들어주는 재주는 있단다."

우리는 언니 말에 웃어가며 오빠들과 폭시 원, 폭시 투에 대해서 물어 보았다.

언니는 우리 얘기를 다 듣고 나자 옆에 있던 복사기 뚜껑을 들면서 손을 올려 놓으라고 말한다.

수연이와 내 손을 복사한 종이를 테이블 위에, 우리들이 잘 보이도록 펼쳐 놓았다. 복사한 손바닥은 마치 연필로 정교하게 그린 듯했다. 전체적인 손바닥 모양이 다소 어둡기는 했지만 손금은 선명하게 보였다.

"자! 그럼 수연이부터 볼까?

운명선

　이 선은 '운명선'이라고 하는데 보통은 굵기가 굵을수록 자신감이 충만하고, 얇을수록 자신감이 부족하다고 볼 수 있지.

　자! 봐봐. 나미는 수연이에 비해서 많이 굵게 보이지?"

　".........!"

　"나미는 넘치는 자신감에 자신의 생각을 바로바로 행동으로 옮기는 타입이고, 수연이는 자신감이 없어서 뒤에서 고민만 하다가 끝나는 타입. 두 사람 친구로서는 이상적이네. 성격이 비슷하면 많이 다투거든. 싸우면서 친해진다는 말은 서로 다투기만 하는 아이들 들으라고 하는 얘기고 서로의 단점을 보완해 주는 친구가 최고지! 안 그래?"

　언니 말에 우리는 고개를 크게 끄덕였다.

"다음! 여기 보이는 이 선은 '생명선'이라고 한단다.

생 명 선

엄지아래쪽 손바닥 부분이 보이지? '금성구'라고 하는데 이 부분이 부풀어 오른 정도와 선의 굵기를 본단다. 나미는 선이 굵고 부풀어 오른 부분도 뚜렷한데 수연이는 부풀어 오른 정도도 희미하고 선도 희미하지? 이 금성구는 그 사람이 가지고 있는 에너지라고 생각하면 되는데, 나미는 생명력이 넘치는 터프한 타입이고 수연이는 자신의 결정에 너무 지나칠 정도로 주의를 기울이다가 일을 망치거나 아니면 결정을 못하고 미적미적 하다가 놓칠 수 있으니까 조심할 것!"

"자! 다음은 두뇌선을 볼까?

두뇌선

　여기 이 선들을 말하는데 길이는 상관하지 말고, 나미는 이 선이 아래쪽을 향해서 쭉 뻗어 있지? 나미는 언제나 소녀 같은 꿈을 꾸는 로멘티스트. 그러니까 상상력이 풍부해서 예술가 쪽이 맞는다고 할 수 있지. 수연이는 두 개의 선이 같이 겹쳐있다가 떨어지지? 보통은 다 이런 선을 가지고 있어. 간단히 말하면 그 사람의 자립심을 말하는데 두 선이 겹쳐지는 부분이 길어질수록 자립심이 약하다고 한단다. 그렇게 본다면 우리 수연이는 먼저 자신감을 갖는 게 필요하네!"

"자! 이번엔 결혼선을 살펴볼까?

결혼선

　새끼 손가락 아래에 있는 선들을 말하는데. 수연이는 결혼선 위에 선이 하나 위로 뻗어 있지? 이런 사람은 모든 일에 있어서 일이 우선인 사람들인데, 우리 수연이는 결혼을 해도 가정 보다는 일에 빠져 살겠네? 상대는 아주 부드럽고 이해심이 많은 사람이 좋고 남자다운 사람보다는 어딘가 여성스러운 부드러움이 있고 참을성이 많은 남자를 찾아야겠다.

　나미는 얇은 선이 많이 보이지? 나미는 만나는 사람마다 이래서 좋고, 저래서 좋고 하면서 많은 사람들과 만남을 갖게 되지만 쉽게 이 사람이다 하고 결정을 못하고 데이트만 하다가 결혼이 많이 늦어질 수가 있겠네!"

"자! 내 얘기는 여기까지. 우리 아가씨들 재미있었어?"
"예!"
우리들은 웃으면서 밝게 대답했다.
"그래! 재미있었다니 고맙구나. 그런데 잘 들어 봐! 손금을 보거나 점을 치거나 해서 자신의 운을 들여다 보고 싶어하는 것은 모든 사람들의 욕구라고 할 수 있지. 그런데 그런 욕구들은 우리들 마음 속에 있는 불안감에서부터 나오는 거야. 무슨 말인지 알겠지?"
"그러니까 원하는 것이 있을 때 얻지 못하면 어쩌나 하는 불안감을 없애고 할 수 있다는 자신감을 가지라는 말씀인가요?"
"와우! 우리 수연이 대단한데! 스스로에게 자신감을 가지라고 한 아까 언니 말 취소! 사과 할게."
"아니에요, 언니. 아까 들으면서 언니 말이 다 맞는다고 생각했거든요."
"그러니? 알았다. 자! 이제 언니가 무슨 말을 하고 싶어하는지 대충은 알겠지? 세상은 자신감을 갖고, 이루고 싶은 꿈에 도전하는 사람을 보고 아름답다고 표현한단다. 나비가 애벌레에서 숨

한 고난을 끝내고 나왔을 때 아름다움을 뽐낼 수 있는 것처럼! 너희들도 자신만의 방법으로 노력을 해야 한다는 말이다. 알아들었지?"

"언니 말은, 바라는 게 있으면 노력해야지 점 같은 거로 운을 들여다 보면 안 된다는 거죠? 에이! 그럼 언니 점집은 문을 닫아야 한다는 말이 되잖아요."

내 말에 언니가 다시 큰 소리로 웃으며 대답한다.

"하하하하! 그렇게 되나? 네 말이 맞다만, 언니 같은 사람이 필요한 이유는 삶의 활력소란다. 힘들 때 잠시나마 현실을 잊고 안식을 취하거나 내 말을 듣고 자신감을 찾게 되는 것이지.

살다보면 자신의 말을 들어 줄 사람이 필요한 경우가 생기지. 내가 하는 첫번째 일이 그런 사람들 말을 들어주는 거야.

자, 오늘은 여기까지! 그리고 오빠들 일이 궁금하면 오빠들 하고 같이 올 것. 언니도 실물을 봐야 알지. 내가 무슨 예지자도 아니고, 알았지?"

정신없이 빠르게 말하는 언니의 말을 듣고 있으니 머리가 멍해진다. 영희가 일어서며 묻는다.

"언니! 얼마 드려야 해요?"

"됐고, 그 대신 다음에 오빠들 데리고 와서 소개시켜 줘, 알았지? 이렇게 예쁜 아가씨들이 좋아하는 남자들이 누군지 이 언니도 궁금하니까!"

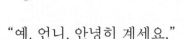

"예, 언니. 안녕히 계세요."

"오늘 고마웠어요."

우리는 시끄럽게 인사하며 점집을 나왔다.

집으로 돌아오는 중에 우리 셋은 서로 자신의 생각에만 빠져 있는 듯 한 마디도 하지 않았다.

버스에서 내려 수연이와 영희에게 잘가라는 인사만 하고 헤어져 집으로 돌아왔다. 책상에 앉아 수학 문제지를 펼쳐놓았다가 도로 정리해서 책꽂이에 꽂았다.

방에서 나와 목욕탕에 들어가 목욕을 하려고 탕에 뜨거운 물을 받았다. 물이 탕에 넘칠 정도로 받아 놓고는 쳐다보지도 않고 세수하고 발만 씻고 나왔다.

방으로 들어가 이불을 깔아 놓고 누웠다. 얼마 전 수연이가 한 말이 생각났다.

'오빠가 고맙대….'

'내가 대학교에 입학하면 춘성오빠와 같이 학교에 다닐 수 있어….

열심히 해서 한강대학교에 들어가 오빠하고 같이 공부할 거야….'

'내가 하고 싶은 일을 위해서라도 열심히 공부할 거야. 그리고 춘성오빠 앞에 서서 큰소리로 말할 거야. 나! 이만큼 노력했다고….'

수연이 말을 듣고 나서 수연이를 응원하는 마음이 생겼다.

동현오빠에게 향하는 나의 마음을 표현도 못하고, 그냥 좋은 오빠일 뿐이라고 마음을 감춰버린 나.

지금 다시 생각해보니 조용조용하지만 자신이 원하는 일에는 적극적으로 부딪쳐서 해결하고 노력하는 수연이 모습을 나는 부러워하고 있었다.

막상 내게 닥친 어려운 일은 피해버리고 마는 비겁하고 소극적이었다는 것을 알았다.

나도 이제는 달라져야겠다.

우선은 다 잊어야겠다. 수연이처럼 자신이 해야 할 일을 열심히 하고 나중에 동현오빠 앞에 당당히 나서서 말할 거야.

사실은 오빠하고 더 많은 이야기, 더 많은 시간을 같이 보내고 싶었다고 말이다.

아자아자!

나미 홧팅!

나도 할 수 있다!!!

으하하하하!

드디어 2학기 중간고사가 다음주부터 시작이다.

큰오빠는 여전했다. 일주일에 단어를 300개씩 적어주며 무조건 외워오라고 시켰다.

공부시간에 옥탑방에 가면 앉자마자 바로 질문부터 시작한다. 나는 큰오빠의 무식한 영어 단어 외우기에 힘겨워했지만 지금은 곧잘 따라가고 있었다.

큰오빠는 내가 외워야 할 필수 단어를 계속해서 반복적으로 외우라고 적어 주었다는 것을 나중에야 알게 되었다.

결과적으로 방학 중에 외운 단어들과 새로운 단어들을 계속해서 섞어가며 외우게 했기 때문에 처음에는 어려웠으나 시간이 갈수록 새로운 단어가 줄어들며 쉬워졌다.

수학은 매일 수연이와 영희까지 함께 우리집에서 시계 알람을 50분에 맞춰 놓고 풀었다.

매일매일 하지 않을 수 없었다.

문제지에 그날그날 엄마 싸인을 받아놓게 했기 때문이다.

물론 수연이와 영희도 날짜와 함께 싸인을 받아왔다.

동현오빠는 풀어놓은 문제를 보고 2시간 동안 설명한다.

때로는 우리끼리 한 사람씩 돌아가며 문제 푸는 방법을 서로에게 설명하기도 했다.

어느 정도 시간이 지나자 동현오빠도 비슷한 문제들을 반복적으로 풀게 한다는 것을 알았다.

그리고 언제부터인가 동현오빠가 설명하는 풀이 방법이 완전히 이해되기 시작했다.

2학기 중간고사가 시작되었다.

나는 왠지 자신이 있었다.

목표가 생겼고 나도 스스로 할 수 있다는 자신감이 생겼기 때문
이다.

에필로그
••••••
어른이 된다는 것

나는 큰오빠에게 물어보았다.

"아빠하고 아저씨하고 교수님이 별로 재미있지도 않은 얘기를
그렇게 하고, 더구나 했던 얘기 몇 번이나 반복하는데 지겹거나
듣기 힘들지 않았어?"

큰오빠는 나를 향해 살짝 웃으며 말한다.

"나미가 오빠를 걱정해 주니까 너무 고맙네."

"걱정이 아니라 옆에서 보고 있으니까 답답해서 그래. 남이섬에서 큰오빠랑 동현오빠는 마치 세 분 비위 맞추는 것 같았단 말이야."

"나미 말이 틀리지는 않지만 눈에 보이는 것이 다는 아니란다. 물론 계속 같은 이야기를 듣는 것이 좋을 수만은 없단다."

"그럼 싫다고 하면 되잖아."

"어차피 너도 어른이 되면 알게 되겠지만 세상 일이라는 게 내가 좋아하는 일만 할 수는 없단다. 그리고 어른들의 말 속에는 이 세상을 살아가는 지혜와 말하는 사람의 진심이 담겨 있단다. 그 마음을 느끼기에 고맙게 여기며 그 진심에 귀를 기울이는 것이지 단지 아랫사람이라서 그런 것은 아니란다."

"진심??"

"너! 공부하기 힘들지? 웬만해서는 성적도 안 오르고!"

"응!"

"공부도 마찬가지란다. 말하는 사람의 진심에 귀를 기울이듯이 네 자신의 마음에서 나오는 목소리에 귀를 기울여 봐라. 그러면 공부는 왜 해야 하는지, 내가 지금 해야 할 일은 무엇인지 알 수 있을 거야. 다시 말하면 자신이 진정으로 바라는 것은 무엇인지, 이루고 싶은 꿈이 무엇인지를 알아내고 행동하라는 이야기야.

'그냥 나중에 할까?'

'지금 해야 하는데….'

'내일 해도 될 것 같은데….'

나미는 이와 비슷한 생각들을 하면서 지금 해야 할 일들을 뒤로 미루지?"

"그런 것 같아!"

"하지만 자신이 진정으로 원하는 것을 찾아낸다면 그런 행동들은 없어질 걸?"

"그런가??"

내가 잘 모르겠다는 표정으로 쳐다보자 큰오빠는 강조하듯이 또박또박 말을 한다.

"나미가 어른이 되어 이루고 싶은 큰 꿈을 위해서 지금 해야 할 일을 목표를 세우고 집중해 봐. 순간순간이 소중하게 느껴질 테니까. 그럼 자연스레 무슨 일이든 열심히 할 수 있게 될 거야."

"으응~."

"목표를 향해 한계단 한계단 올라가다 보면 어느새 훌륭한 어른이 되어 있을 거야. 그리고 보니 우리 나미의 꿈이 궁금한 걸?"

큰오빠 말을 모두 이해하기는 어려웠다. 결국은 꿈을 이루기 위해 열심히 공부하라는 이야기다. 정말 내가 바로 이해하고 받아들일 수 있도록 설명하면 어디 덧나나??

그런데 한 가지만은 알 것 같다. 내가 평소에 스스로 모른 척하고 있었을 뿐 실제로는 많은 일들을 뒤로 미루고 있었다는 사실을 말이다.

나도 이제는 피하지 말고, 부딪히며 내 자신이 원하는 것, 이루고 싶은 꿈을 향해 도전해야겠다.

2011년 4월 5일 1판 1쇄 인쇄
2011년 4월 11일 1판 1쇄 발행

지은이 도 해
그 림 서 호
펴낸곳 도서출판 푸른뜰
주 소 경기도 시흥시 대야동 555-9번지
전 화 (031)311-1548
팩 스 (02)6230-9247
등 록 제41-2006-00007호

ⓒ 푸른뜰, 2011
ISBN 978-89-91883-25-3 43810

*이 책의 저작권은 도서출판 푸른뜰에 있으므로
 사전 허락없이 무단 전재와 무단 복제를 금합니다.